개무살

° 김명수 °

개무살

초판 1쇄 인쇄 2017년 07월 06일
초판 1쇄 발행 2017년 07월 12일

지은이 김명수
펴낸이 김양수
표지 본문 디자인 곽세진 **교정교열** 염빛나리

펴낸곳 도서출판 맑은샘 **출판등록** 제2012-000035
주소 (우 10387) 경기도 고양시 일산서구 중앙로 1456(주엽동) 서현프라자 604호
대표전화 031.906.5006 **팩스** 031.906.5079
이메일 okbook1234@naver.com **홈페이지** www.booksam.co.kr

ISBN 979-11-5778-227-7 (03800)

*이 책의 국립중앙도서관 출판시도서목록은 서지정보유통지원시스템 홈페이지(http://seoji.nl.go.kr)와 국가자료공동목록시스템(http://www.nl.go.kr/kolisnet)에서 이용하실 수 있습니다.
(CIP제어번호 : CIP2017016052)

감사합니다!

감자는 늙어서 창고에서 왕따 당했다.
추운 겨울을 보내며
더욱 웅크리며
힘을 비축하면서
언젠가는 언젠가는 하면서

주인은 늙은 감자를
난도질하여
땅속에 매장하였다.
다시는 땅 밖으로 나오지 못하도록
흙을 뿌리고
어둡고 시커먼 비닐까지 야무지게 덮어버렸다.
영원히 지하 동굴에서 종지부를 찍도록.

끝날 때까지 끝난 것이 아니다.

그렇다.
내가 죽더라도 뭔가를 남겨야지
호랑이는 죽어서 가죽을 남기고
곰장어는 죽어서 껍질을 남기고
사람은 죽어서 이름을 남긴다고 하는데.
나는 죽어서 무엇을 남기지?

그렇구나!
감자 후손을 남겨야지.

마지막 죽을힘을 다해
감자 싹을 트게 해야지.

흙을 뚫어야지.
사람들처럼 터널을 뚫어야지.
그리고 최후에 일격을 가해
어둡고 시커먼 비닐을
펑
터뜨리자!

빠삐용처럼 지하 감옥을 탈출하자

유도선수처럼 땅을 업어치기 하자!

그리고 늙은 감자는 싹으로 변신하여

지상에서 출생신고.

동면에서 깨어나

봄을 맞은 개미떼처럼.

그도 무엇인가 남기고 싶었다.

그래서 책을 남기기로 했다.

〈요학무〉

〈셔틀콕아 놀자〉를 남겼다.

이번에는 〈개무살〉을 남기기로 했다.

〈개무살〉이란 〈개미는 무엇으로 살아가는가〉이다.

〈개무살〉 서론에는 개미의 모습이 나와 있다.

〈개무살〉 본론에는 인간 개미의 모습이 나와 있다.

〈개무살〉 결론에는 인간 개미 군단의 활동이 나와 있다.

인간 개미 김명수 DREAM

차례

머리말

개무살

서
론

개무살

본론

개무살

결론

서론

개무살 0-1

서 론

비가 온다. 장마가 시작된다고 한다. 옛날에는 장마가 무척 길었다. 거의 한 달 가까이 비가 줄기차게 내렸다. 그래서 하늘이 구멍 났는가 의심할 정도였다. 온통 습기가 세상을 지배하고, 축축하고 기분도 음산했다. 겨울의 폭설보다 여름 장마가 더 무서울 정도다.

비가 오고 6·25가 다가오니까, 손창섭의 소설 〈비 오는 날〉이 생각난다.

그는 전철에서 내려 우산을 쓰고, 집에 오는 길의 인도에 깔린 시멘트 블록을 주의 깊게 살펴보았다. 요즘 개미 관찰하는 것이 하나의 일상 업무가 되었다. 비가 오고 있는데 개미들은 어떻게 활동할까? 비가 오지 않을 때는 개미가 부지런하게도 왔다 갔다 했는데, 비가 올 때 어떻게 살아갈까? 그런데 개미가 보이지 않았다. 비가 온다는 소식을 듣고 비상벨이 울리면서 모두 지하 벙커로 대피한 모양이다.

그렇다고 땅을 파볼 수는 없다.

조금 후에 비가 그친 후에 다시 가보니, 역시나 개미는 분주하게 왔다 갔다 한다. 장마 대비 비상훈련이 끝나고 일상으로 복귀한 모양이다.

그는 개미와의 의사소통을 현안 과제로 삼고 있었다.

그는 요즘에 봉사활동을 다니고 있다. 장애인 복지관에 간다. 장애인 복지관의 주간보호센터에 간다. 가서 하는 일이 무엇인가?

주간보호센터에는 발달장애인들이 아침에 등교했다가 오후에 집에 간다. 그는 발달장애인에게 동화를 들려준다. 열심히 들려주고 서로 이야기를 나누려고 한다. 그런데 의사소통이 잘 안 된다. 그는 곰곰이 생각해본다. 뭐가 의사소통을 가로막는 장벽일까?

그러다가 어느 날 발달장애인에 대한 강의를 들었다.

강의의 핵심 내용은 이렇다.

"의사소통은 언어로만 하는 것이 아니다. 몸짓, 손짓, 눈치 등으로 의사소통을 해야 한다. 언어로 의사소통이 안 되면 그림으로 의사소통을 해야 한다."

그는 새로운 세계에 진입한 느낌이었다. 새로운 별나라에 착륙한 것 같았다.

그는 또 소통하고 싶은 것이 있었다. 하나님과의 소통.

그는 인간이, 차원이 다른 하나님과 소통하는 것은 어려울 것으로 생각하였다. 그래도 시도를 하려고 한다.

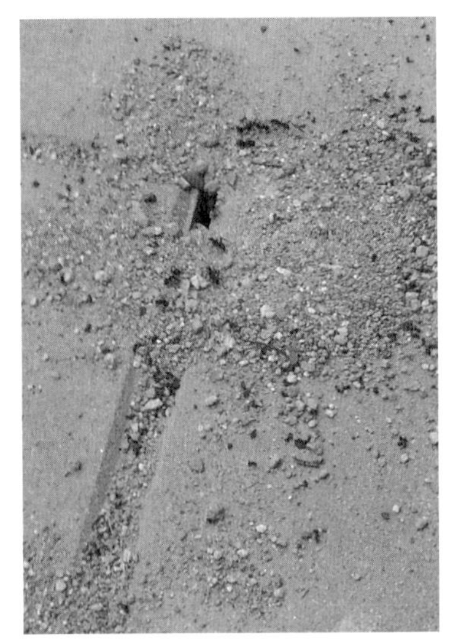

개미 동영상 (직촬)

>> http://blog.naver.com/flower5353/221010882205

개무살 0-2

개미의 밀당

옛날 노예시장 생각이 난다.

노예를 진열대에 올려놓고 선전한다.

'이 노예의 이빨을 보세요. 얼마나 튼튼한가?'

이빨이 튼튼하면 잘 먹고 튼튼하여 일을 잘할 수 있다는 논리로 노예를 상품으로 판다.

인간이 상품으로 팔리는 사회다.

차만 상품이 아니다.

아파트만 상품이 아니다.

인간도 상품이다.

자기를 상품으로 기록하여 회사에 제출한다.

그런데 사회는 수요와 공급의 법칙이 존재한다. 지금 인력시장에서는 공급이 넘쳐난다. 왜냐하면, 기계가 사람의 역할을 하기 때문이다. 옛날에는 사람만 시장에서 사용했다. 그런데 어느 날부터 기계가 사람의 역할을 하게 되었다. 옛날에는 주산을 잘 놓는 사람을 우대하여 썼다. 그러나 이제는 주산을 잘 놓는 사람 대신에 컴퓨터를 사용한다.

그래서 인력시장에서는 공급(기계와 사람)이 넘쳐난다. 그래서 인간은 제대로 대우를 못 받는다.

사람을 둘러싸고 수요와 공급이 서로 '밀당(밀고 당기기)'을 주고받는다.

며칠 전에 산에 갔다.

요즘 개미에 관심을 둔다. 남들은 개에 관심을 두는데.

왜 개미에 관심을 두는가?

주식투자에서 개미가 등장한다. 개미는 대형 기관투자가와 외국인에게 당하기 일쑤다.

개미는 어떻게 살아갈까?

개미가 곳곳에 있다. 사람처럼 아파트에도 있고, 길거리에도 있고 산에도 있다.

산에 올라가서 시원한 바람을 쐬며 개미를 관찰한다.

어떤 개미가 자기보다 몸집이 큰 벌레를 끌고 간다. 그래서 시체를 운반한다고 생각하면서 큰 의미를 두지 않고 처음에는 보았다. 그런데 이상하였다. 끌려가는 벌레가 꿈틀 꿈틀하는 거였다.

어라 이게 보통 사건이 아닌데.

기자의 직업의식이 발동되었다. 바로 스마트폰을 꺼내어 '동영상'으로 찍었다. 증거를 확보하는 것이 중요하다. 요즘 어느 곳에 전화하면 '통화 품질 향상을 위하여 녹음합니다'라는 구절이 귀에 번뜩였다.

그렇지 나도 증거를 확보해야지. 직접 촬영하여 다음에 증거물로 제시해야지.

자세히 살펴보니 몸집이 작은 개미가 '살아있는' 몸집이 큰 벌레를 강제로 포획하여 가는 것이다. 이를테면 경찰이 '피의자'를 체포하여 가는 것이다. 그런데 개미와 벌레가 서로 밀고 당기기 시작한다.

갑자기 교통사고 '밀당'이 떠올랐다. 가해자(실제로는 가해자 대신에 보험회사 담당 직원)와 피해자 사이의 '밀당(밀고 당기기)'이 떠올랐다. 피해자는 혼자 안간힘을 쓰며 인터넷을 뒤지고 경험자의 말을 참고삼아 버틴다. 가해자(실제로는 가해자 대신에 보험회사 담당 직원)는 거대 세력이다. 보험회사는 얼마나 큰 세력인가? 보험회사는 변호사를 끼고 있고 법을 잘 안다. 또 장기간 농성할 수 있는 충분한 군량미가 있다. 피해자는 외롭다. 심지어는 자기를 치료해주는 의사조차 적군이다. 변호사도 없다. 장기간 버틸 수 있는 군량미도 부족하다.

결국 보상금은 받아내지만, 상처뿐인 승리다. 다치고 몇 푼 얻고 사건은 끝난다.

그런데 개미는 처음에는 용감하게 '피의자'를 끌고 간다.
그러나 '살아있는' 벌레를 끌고 가기에는 너무 버거웠을까?
버려두고 가버렸다.
다른 먹이를 발견했을까?
아니면 동료를 부르러 갔을까?

아무튼, 무승부로 끝난 게임이다.
개미와 벌레의 '밀당'은 무승부로 끝났다.

'동영상'은 개미가 벌레를 끌고 가는 장면
>> http://blog.naver.com/flower5353/221005028306

개무살 0-3

개미와 사람의 차이점

개미와 사람은 무엇이 다를까?
다른 점이 많을 것이다.

개미는 동물이고
사람은 인간이다.

개미는 사고능력이 없고
사람은 사고능력이 있고

등등 다른 점이 수 없을 것이다.

오늘 40년 후배의 동생이 죽었다는 연락을 받았다.

장례식장에 안 가도 된다.

변명할 수가 있다.

나와 후배 사이가 심리적으로 너무 멀다, 또 후배의 부모도 아니다.

하지만 애사에는 가능하면 꼭 참석하는 관례에 따라 참석하러 갔다.

가는 길에 항상 가는 길의 보도를 보았다.

항상 그렇듯이 개미는 활동을 한다.

가면서 생각을 했다.

왜 개미는 사람이 다니는 길에 집을 만들까? 사람이 가다가 개미를 밟을 가능성이 큰데.

개미는 죽으려고 작정했을까? 개미는 바보 같을까?

그리고 하필이면 자기 집을 시멘트 블록 밑에 지을까? 부드러운 흙 밑에 짓지 않고.

일하기 편리하게 흙 밑에 집을 지으면 되는데.

보도를 걸어갈 때마다 이런저런 생각을 하면서 은근히 걱정한다.

사람과 개미의 차이를 다시 생각해본다.

그래 사람과 개미의 본질적인 차이가 있을 것이다.

그래

사람은 살아가려고 하고

개미는 그냥 살아간다.

사람은 악착같이 살려고 하고

개미는 그냥 살면 살고, 죽으면 죽고 하는 것 같다.

사람이 왜 사람인가?

사람은 '살암'이다. '살암'에서 중요한 어근은 '살'이다.

사람은 '살'려고 하는 존재이다.

재미있는 이야기가 있다.

옛날에 들은 이야기다.

교도소에서 사형을 선고받은 사람이 있었다.

어느 날 사형을 당하게 되는 날이다.

단두대로 올라가는 계단에서 발을 잘못 디뎌 넘어졌다. 하는 말이

"아차하면 죽을 뻔했네."

몇 분 후에 사형당할 사람이 죽을 뻔했다고?

사람은 살고 싶은 마음을 본능적으로 가지고 있다.

그런데 개미는 아닌 것 같다.

사람이 많이 다니는 보도에 집을 짓고, 인간이 다니는 보도를 걸어 다닌다.

인간으로 바꾸어 말하면,

사람이 차가 다니는 차도에 아파트를 짓고 차도를 걸어 다니는 격이다.

속된 말로 '죽으려고 환장했나'라는 소리가 나올 법하다.

심지어는 '미친놈'이라는 말이 나올 법하다.

개미는 그렇게 날마다 죽음을 각오하고 살아간다.

그렇다.

개미와 인간의 차이는 바로 이것이다.

인간은 살려고 하고

개미는 살려고 하지 않고.

그런데 인간은 그렇게 살려고 노력해도

20살에 죽기도 하고

젊어서 죽기도 하고

배 타고 가다 바다에 빠져 죽기도 하고

인간이 만든 차에 교통사고를 당하여 죽기도 하고

인간이 만든 총에 맞아 죽기도 하고.

인간은 사람인데,

사람은 살려고 하는데,

죽는다는 것을 이해할 수가 없다.

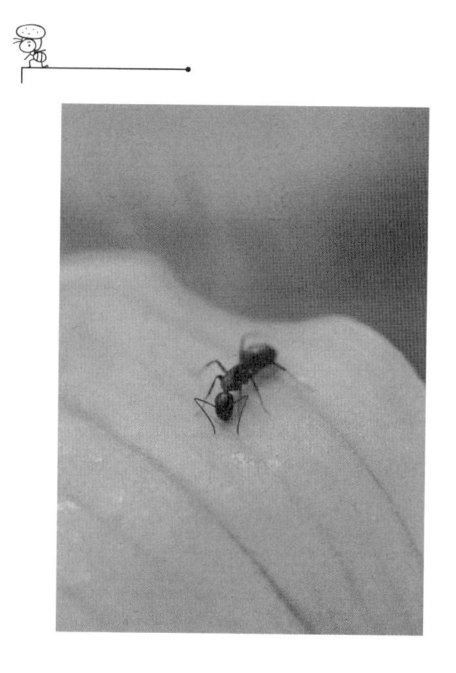

개무살 0-4

개미와 사람의 공통점

어렸을 때 모래를 가지고 놀았던 기억이 아슴푸레하게 떠오른다.

우선 어린이들이 모여 모래 속에 한 손을 넣고, 그 위에 나머지 한 손으로 주위의 모래를 모아 덮는다. 모래를 둥그렇게 모아 덮고 한 손으로 두드리면서 노래를 부른다. 견고하게 잘 두들겨야 나중에 무너지지 않는다. 노래가 끝나면 손을 살며시 뺀다. 손을 뺀 후 집이 무너지지 않고 집이 커야 승리한다.

놀이할 때 만들어진 집 모양이 두꺼비집과 같이 생겼다고 '두꺼비 집짓기 놀이'라고 하였고, 이때 부른 노래가 〈두꺼비 노래〉다.

"두껍아, 두껍아, 헌 집 줄게. 새집 다오
두껍아, 두껍아 물 길으러 오너라. 너희 집 지어 줄게.
두껍아, 두껍아 너희 집에 불났다. 솥이랑 가지고 뚤래뚤래 오너라."

오늘도 개미를 관찰하였다. 땅속에서 뭔가를 물고 끊임없이 땅밖으로 운반한다. 그래서 개미들은 땅속에 지하왕국을 건설한다. 땅속에 갱도를 만들고 수 없는 방(고치방, 애벌레방, 여왕개미방, 시체방 등)을 만든다.

개미와 인간의 공통점이 뭘까?

개미도 지하에 왕국을 건설하여 여왕개미를 받들고 살아간다. 인간도 지하에 왕국을 건설한다. 사람들은 끊임없이 지하철을 만들고, 지하에 식당도 만들고, 옷가게도 만든다. 지하에서 밥도 먹는다. 서울에 출퇴근하는 사람들은 좋으나 싫으나 지하철을 이용하게 마련이다. 그리고 지하철에서 스마트폰을 이용하여 친구와 이야기를 나누거나, 드라마를 보거나 프로야구를 보거나 노래를 듣는다.

그렇게 땅속에서 실컷 살다가 죽으면 땅 밖으로 기어 나온다. 요즘에 매장 문화는 사라지고 납골당 문화가 정착하고 있다. 납골당은 이를테면 땅 위에 세운 아파트형 무덤이라고 할 수 있다.

사람들의 삶의 형태가 시대가 변하면서 바뀐다. 옛날에는 땅 위에서 살다가 죽게 되면 매장되어 땅속으로 들어간다. 현대인의 삶의 모습을 관찰하면 땅속에서 살다가 죽게 되면 땅 위에 건설한 납골당(아파트형 무덤)에 들어간다.

원시시대에는 동물이 무서워 동굴에서 살았다고 한다. 그래서 동굴벽화가 남아있다. 동굴에 갇혀 살다가 인간이 자신감을 가지고 동굴 밖으로 나온다. 그렇게 동굴 밖에서 오랜 세월을 살았다.

그런데 이제 과학이 최고로 발달한 21세기에 인간은 다시 동굴로 들어간다. 지하 동굴로.

아이로니컬하다.

두꺼비 노래

>> https://www.youtube.com/watch?v=wz8eYQ8FQt0

개미가 일하는 모습을 보며 (동영상)

>> http://blog.naver.com/flower5353/221005045510

개무살 0-5

개미와 나비와 인간

장마가 22일이면 끝난다고 한다. 말만 장마지 실제로는 단마(?)로 끝난 장마이다. 그동안 개미는 비가 오면 활동도 못 하고 비가 그치기만 기다렸을 거다. 그런데 사람들은 이제 장마가 끝나고 폭염과 불볕 더위와 열대야 현상과 싸워야 한다. 그 싸움은 9월까지 계속된다. 요즘은 가을이 실종되었다. 여름의 무더위는 계속되다가 어느새 가을을 무정차 통과하고 겨울로 접어든다.

개미는 여름에도 지치지 않고 열심히 일할까? 관심을 가지고 지켜보고 싶다.

얼마 전에 〈저대와 피아노를 위한 환상곡 나비〉 연주를 들었다. 나비에 대한 설명을 들었다. 나비의 일생에 대하여 연주자가 간단하게 설명해 주었다. 알에서 애벌레, 애벌레에서 번데기, 번데기에서 나비로 변신한다고 한다.

개미와 나비와 인간의 공통점이 무엇일까?

공통점이 있을 것도 같고, 전혀 없을 것도 같다.

하나씩 살펴보자.

먼저 개미를 살펴본다.

개미의 일생을 살펴보고 깜짝 놀랐다. 개미는 그냥 조그만 개미가 점차 자라서 큰 개미가 되는 것으로 알았는데 그게 아니다. 알에서 애벌레, 애벌레에서 번데기, 번데기에서 개미로 변신하는 것이다.

사람은 어떤가? 사람은 우리가 너무 잘 아는 것처럼 핏덩이로 태어났다가 점차 크고 자라서 어른이 된다. 사람은 태어나서 죽을 때까지 형태가 일정하게 유지된다고 알고 있다. 그런데 진짜로 그런가? 육체적인 형태는 일정할지 몰라도 정신적인 사고능력이나 사회적인 관계는 끊임없이 변한다고 볼 수 있다.

아이의 지능과 어른의 지능이 똑같을까? 다르다고 볼 수 있다. 그리고 사회적인 관계는 얼마나 많이 변하는가.

엄마 뱃속에서 생활할 때,

동굴(?)에서 밖으로 나와 생활할 때,

가정에서 살다가 학교에서 살 때,

초등학교에 다닐 때,

고등학교에 다닐 때,

군대에서 생활할 때,

직장에 다닐 때,

결혼하여 가정을 가지게 될 때,

등등

수없이 변신하게 된다.

인간 개인만 변하는 것이 아니다.

사람들이 모여 사는 공동체도 변한다.

원시시대에서

고려 시대로

조선 시대로

일제 강점기로

해방 후로

등등

수 없이 변신한다.

그렇다.

개미와 나비와 인간의 공통점은 변신이다.

어제의 개미와 오늘의 개미는 다르다.

어제의 나비와 오늘의 나비는 다르다.

어제의 인간과 오늘의 인간은 다르다.

개미는 변신하면서 무엇을 꿈꿀까?

나비는 변신하면서 무엇을 꿈꿀까?

인간은 변신하면서 무엇을 꿈꿀까?

인간의 꿈이 무엇일까?

나는 무엇을 꿈꾸며 살아가는가?

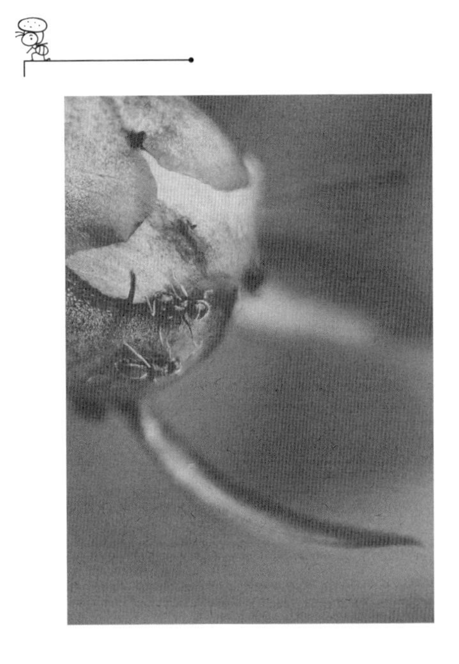

개무살 0-6

틈새 공략

마트에서 물건을 사서 카트에 담아 끌고 오고 있었다. 주차장 전체를 아스팔트로 싸 발랐다. 요즘 모든 가게의 사활을 쥐고 있는 것이 주차장이다. 재래시장이나 전통시장이 운치가 있고 맛과 멋도 있어 손님들을 유혹할 것 같은데, 실제로는 그렇지 못하다. 결정적 흠이 바로 주차장 문제다. 거리가 먼 곳에 있는 '먹고 가게(식당)'도 잘 되는 이유가 있다. 자가용으로 갈 수 있기 때문이다. 그 마트도 야외의 넓은 땅을 통째로 주차장으로 사용한다. 그냥 백색으로 주차선만 그으면 되기 때문이다. 백색의 주차선만 보이는 곳에, 갑자기 연두색의 선이 곡선으로 그림처럼 나타났다. 다시 확인해도 역시나 연두색의 곡선이다. 가까이 가서 살펴보니 주차선이 아니라 풀이 자라고 있었다.

아스팔트 부실시공으로 아스팔트가 벌어진 틈새에 풀은 뿌리를 박고 튼튼하게 자라고 있었다.

그렇다. 풀은 틈새를 공략하여 생존전략을 구사한 것이다.

조금 오다가 항상 오는 인도(보도)에서 개미를 발견했다. 개미는 어떻게 살아갈까 궁금했다. 땅에 주저앉아서 개미를 자세히 살펴보았다. 인간의 현명한 생각으로는 흙으로 된 곳에 집을 만들어야 할 것 같았다. 그래야 땅을 파기가 쉽고 집을 건설하기가 쉬우니까. 그런데 자세히 보니 그게 아니다. 보도블록과 보도블록의 틈 사이에 집을 건설하였다. 약간 당황하였다. 보도블록 자체는 단단하여 보도블록에는 집을 지을 수가 없다. 하지만 보도블록과 보도블록의 틈새에는 약간의 공간(개미가 다닐 수 있는 공간)이 있어 보도블록 틈새에 집을 지은 것이다. 어떻게 보면 개미가 아주 영리하다. 옛날 성을 건설할 때 지리적 위치를 생각하면 이해가 간다. 배산임수(背山臨水)가 생각난다. 산이 있으면 외적이 침입하기가 힘들다. 강이 있으면 외적을 방어하기가 쉽다. 개미도 배산임수(背山臨水)를 이용한 것이다. 보도블록을 이용하여 개미는 튼튼한 성벽이나 담을 건설한 셈이다.

그렇다. 개미는 틈새를 이용하여 생존전략을 구사한 것이다.

우리가 아는 경제상식에 의하면, 대량생산의 법칙(일정한 설비를 갖추면 생산량의 증가에 따라 평균비용이 점차 줄어든다는 법칙)에 의해 대기업이 중소기업보다 항상 유리한 위치에 있다. 그런데 중소기업도 틈새시장을 공략한다.

○○타이어는 재생 타이어와 타이어 튜브라는 틈새시장을 공략해 성공을 거뒀다. 이 회사는 자동차의 차종과 모델에 따라 제품을 차별화하는 다품종 소량 생산방식으로 세계시장 점유율 20%를 차지하고 있다.

우리나라는 지금까지 외적의 침략을 수없이 받았다. 지금도 우리나라를 호시탐탐(虎視眈眈) 노리고 있다. 이를테면 사면초가(四面楚歌)의 형세이다. 마치 보도블록에 둘러싸인 개미의 형편과 비슷하다. 하지만 개미는 보도블록과 보도블록의 틈새를 이용하여 집을 짓고 열심히 살아가고 있다.

우리나라도 이제 풀과 개미의 틈새 공략을 벤치마킹해서 한반도의 생존전략을 모색해보는 것도 좋지 않을까 생각한다.

개무살 0-7

직업 의식

"이 몸이 죽고 죽어 일백 번 고쳐 죽어,

백골이 진토되어 넋이라도 있고 없고,

님 향한 일편단심이야 가실 줄이 있으랴."

갑자기 정몽주가 지은 시가 떠오른다.

오늘 새벽에 배드민턴을 치고 바로 주말농장에 갔다. 주말농장은 정몽주 묘소 근처에 있다. 정몽주 하면 모르는 사람이 없을 정도이다. '고려의 관리'라는 것을 명심하고 자기의 직업을 간직하려고 부귀영화를 뿌리쳤다. '조선의 관리'가 되면 부귀영화를 몽땅 주겠다는 거래를 거절했다.

정몽주는 직업의식이 확실한 사람이다.

오다가 배가 고파, 근처의 염소요리 식당에 갔다. 염소요리는 드문 편인데 마침 주말농장 근처에 있어 갔다. 맛있게 먹었다. 뚝배기에 있던 염소탕을 폭풍흡입 하였다. 뚝배기에는 뚝배기만 남았다. 식당은 맛있어야 한다. 낯선 곳에 가서 어느 식당에 갈까 고민할 때, 주차장에 차가 많이 있는 곳으로 가라고 한다. 차가 많다는 것은 사람이 많다는 것이다. 결론적으로 그 식당은 음식이 맛있다는 것이다. 맛있는 식당은 직업의식이 투철한 사람이 운영한다고 생각한다. 식당이 돈도 벌어야 하겠지만, 먼저 사람들에게 맛있는 음식을 제공해야 한다. 맛있는 음식을 제공하고, 서비스로 흑염소 즙(보약)까지 한 그릇 주니 감동이다.

그 염소요리 식당 주인은 직업의식이 투철하다.

새벽부터 배드민턴을 치고 농장에 가서 일했으니 갈 곳은 당연히 목욕탕이다. 항상 가는 목욕탕에 갔다. 들어가다가 이상한 푯말을 발견했다.

"휴가 안내"

멘붕이다.

직업을 차별해서가 아니다. 어떤 직업이나 그 일이 필요하니까 직업은 생기게 마련이다. 그런데 남의 집(목욕탕)에 세 들어 살면서, 확실하게 직장이라고 내세우기가 곤란한 입장인데, 자기의 직장을 당당하게 내세우고 “휴가 안내”를 하니 그 사람은 진짜 직업의식이 투철한 사람이다.

목욕탕 안에서 일하는 그 사람은 직업의식이 투철하다.

내가 아는 사람 중에 교사로 근무한 친구가 있다. 그 사람은 원래 국문학과나 국어교육학과를 나오지 않고 농대를 졸업하여 우연한 기회에 강습을 받고 국어교사 자격증을 취득하여 국어교사 생활을 시작하였다. 그래서 그 친구의 모습을 가끔 관찰하였다. 과연 교사를 잘할 수 있을까, 끝까지 잘 마무리할까 관심을 가지고 살펴보았다. 그런데 가끔 만나서 이야기를 나누면 국어교사 생활을 계속하고 있다고 하였다. 나는 교장이나 같은 국어 교사들에게 왕따를 당하지 않을까 걱정하기도 하였다. 그런데 잘 버티고 있는 것 같았다. 어느 날은 친구에게 충고를 해주었다. 돌팔이 국어교사를 때려치우고, 장학사 시험을 보거나 교감승진을 위해서 힘쓰거나 아니면 진로상담교사로 전과를 해보라고 권했다. 그러면 그 친구 하는 말이 국어교사가 국어교사를 해야지 무슨 말이냐고 오히려 나를 규탄하였다. 시간이 흘러서 어느 날 만났는데 학교 그만두었다고 한다. 그래 끝까지 버티기가 어려워 중도에 하차했겠지 하며, 나는 친구를 위로한답시고 그동안 고생 많이 했다고 말했다. 그러자 그 친구 하는 말이 국어교사로 정년퇴임하고 백수가 되었다고 한다.

나는 그 친구가 직업의식이 투철하였구나 하고 생각하였다.

오늘도 새벽에 개미를 보았다. 새벽기도회를 갔다 와서 아파트 입구에 있는 평상에 누우려다가 개미를 보았다. 새벽부터 일한다. 밤에도 일하고 있는 개미를 자주 보았다. 낮에도 물론 일만 한다. 일개미의 명칭에 맞게 열심히 일한다.

그래 일개미도 직업의식이 투철하구나!

개무살 0-8

죽느냐
사느냐 (리우 올림픽 편)

집에 오는 길에 개미를 보았다. 이제는 개미에 관해 소통하려고 한다. 개를 데리고 다니는 사람들은 개미와 소통을 하려고 한다. 며칠 전에 말레이시아 코타키나발루에 갔는데 마지막 일정에 반딧불 체험이 있었다. 가이드는 손전등을 이용하여 나무에 붙어있는 반딧불이(개똥벌레)를 관광객이 타고 있는 배로 유인한다. 그 가이드는 반딧불이와 소통하려고 한다. 나는 개미와 소통하려고 노력하는 중이다.

개미가 몽땅 몰려있다. 무슨 사건일까? 개미는 왜 벌떼 같이 몰려있을까? 가던 길을 멈추고 쪼그리고 앉아 세심하게 관찰했다. 개미가 뭔가 먹이를 발견한 모양이다. 그런데 그 먹잇감이 개미보다 훨씬 큼지막하다. 그래서 기자의 신분으로 바로 촬영에 들어갔다. 개미와 지렁이의 싸움이다. 좀 더 정확하게 표현하면 개미떼(개미 수십 마리)와 지렁이 한 마리의 피 터지는 싸움이다.

갑자기 햄릿의 명대사가 떠오른다. 고등학교 때 영어 선생님이 셰익스피어에 몰입하셨다. 수업시간만 되면 셰익스피어 이야기다. 영어 공부는 학생이 각자 한다. 영어 시간에는 영어 선생님의 셰익스피어 폭풍 흡입 시간이다. 그래서 지금도 머릿속에 남아 있는 영어 구절이 있다.

'To be, or not to be, that is the question(사느냐, 죽느냐, 그것이 문제로다)'

이 구절을 어떻게 해석하느냐에 대하여 영문학자 간의 의견 대립이 있겠지만, 나는 생존경쟁을 잘 표현한 구절로 해석한다. 햄릿과 숙부(숙부가 자기 아버지를 죽였다고 햄릿은 추측함) 간의 생존경쟁이 잘 나타났다.

어제 김기정·김사랑 대 장난·푸하이펑(중국)의 리우올림픽 배드민턴 8강전도 피 터지는 싸움이었다. 김기정·김사랑 팀이 1세트는 21대 11로 쉽게 이겼다. 2세트도 김기정·김사랑 팀이 앞서 나갔다. 앞서 나가다가 어느 순간에 역전당하여 21대 18로 졌다. 3세트도 김기정·김사랑 팀이 앞서 나갔다. 그런데 갈수록 점수 차이가 벌어지는 것이 아니라 좁혀지고 있었다. 그래도 매치포인트까지 갔다. 그래서 이기는가 보다 했는데 어느 순간에 20대 20 동점이 되어 듀스가 되었다. 갈 데까지 갔다. 22대 22까지 갔다. 이제 더는 물러설 수가 없는 절벽에 이른 느낌이 되었다. 최종 승자는 장난·푸하이펑 팀(중국)이고, 24대

22로 이겼다. 그야말로 피 터지는 싸움이다.

'To be, or not to be, that is the question(사느냐, 죽느냐, 그것이 문제로다)'

우리는 당연히 김기정·김사랑 팀을 응원한다. 우리나라 팀이 이기기를 바란다. 그러나 장난·푸하이펑 팀(중국)을 응원하는 중국 사람들도 엄청 많다. 오늘 아침에 텔레비전을 보니 이용대·유연성 팀이 8강전에서 탈락했다고 한다. 8강 대진표가 참 좋다고 언론에 나왔었다. 이용대·유연성 팀과 김기정·김사랑 팀이 승승장구하면 최종적으로 결승에서 만나게 되니 8강 대진표가 너무 좋다고 하였다. 너무 환상에 사로잡힌 것 같았다. 이제 두 팀 모두 8강에서 탈락했으니 그 좋다는 대진표가 무슨 필요가 있는가?

오늘 아침에도 배드민턴 경기를 했다. 돈 내기도 아니고, 밥 내기도 아니고, 셔틀콕 내기도 아닌데 이기려고 안간힘을 쓴다. 날마다 순간순간의 삶이 생존경쟁의 연속이다.

'To be, or not to be, that is the question(사느냐, 죽느냐, 그것이 문제로다)'

며칠 전에 보았던 개미떼와 지렁이의 싸움이 눈앞에 선명하게 떠오른다. 과연 최종 승자는 개미일까? 지렁이일까?

개미와 지렁이 (동영상)

>> http://blog.naver.com/flower5353/220789081967

개무살 0-9

보이는 것은 잠깐이요, 보이지 않는 것은 영원하다

그는 요즘 약간 낙심하여 웃음이 사라졌다.

개미를 관찰하는 것이 하루의 즐거움이고,

개미 동영상을 찍다 보면 하루가 금방 지나갔는데, 겨울에 접어들면서 개미가 안 보인다.

여름에는 새벽부터 밤늦게까지 개미를 볼 수 있었다.

길거리에서도 볼 수 있고,

산에 올라가서도 볼 수 있다.

왕성하고 부지런하게 활동하는 개미를 보며 삶의 원동력을 얻었다.

그는 해외여행 가서도 개미를 발견하였다.

말레이시아 개미

개미의 한 종류. 생김새는 배가 주황색인 것 외엔 일반적인 개미와 별다를 바가 없다. 그러나 자폭을 한다.

정확하게는 말레이시아 개미의 배의 분비샘 안에 독이 들어 있는데 유사시에 복부 근육을 수축해 분비샘을 폭발시켜 주변의 적들에게 독을 퍼트리고 개미 또한 배가 터져 죽는다고 한다.

* * *

그는 자폭테러 요원들이 말레이시아 개미에게서 비법을 전수받았구나, 라고 생각했다.

그런데 요즘에는 아무리 찾아보아도 개미가 보이지 않는다.

그는 강아지를 좋아하는 사람이 떠올랐다.

자기가 10년 가까이 키운 강아지가 죽자, 장례식을 거행하고, 사십구재까지 지냈다고 한다.

그는 개미가 없어서 뭔가 허전한 마음이 들었다.

그는 강아지를 좋아하는 사람의 심정을 느낄 수 있었다.

눈에 보이지 않는 개미를 생각하고 있으니,

'보이는 것은 잠깐이요, 보이지 않는 것은 영원하다'는 말이 떠올랐다.

지금 겨울을 맞이하여 개미가 보이지 않지만, 개미의 역사는 오래

되었다고 한다.

개미는 인류와 유사하게 농사를 지을 수 있는 종이라고 한다. 인간의 농업 역사가 대략 1만 년으로 추정되는데, 개미의 농업 역사는 무려 6천만 년이 된다고 한다.

여름에 보이는 개미는 잠깐이요, 보이지 않는 개미의 역사는 무려 6천만 년이나 된다.

그렇다. '보이는 것은 잠깐이요, 보이지 않는 것은 오래 계속된다.'

나무도 그렇다.

'보이는 것은 잠깐이요, 보이지 않는 것은 오래 계속된다.'

봄에 나무에 싹이 트고 이파리가 자라고 꽃이 피고 가을에 단풍이 들고

봄 여름 가을에 보이는 나무의 모습은 잠깐이지만,

보이지 않는 숲의 역사는 오래 계속된다.

인간도 그렇다.

보이는 인간은 잠깐이다.

인생 60년 금방 지나간다.

요즘 60은 청춘이고, 100세 시대라고 한다.

그래도 인간의 살아가는 모습은 100년으로 잠깐이다.

인류의 역사를 추측하면,

구석기 시대 후기인 약 4만 년 전부터 현생 인류인 호모 사피엔스 사피엔스가 나타났다고 한다. 이들은 오늘날 여러 인종의 직계 조상으로 여겨지고 있다고 한다.

'보이는 것은 잠깐이요, 보이지 않는 것은 오래 계속된다.'

보이는 사람의 100세는 잠깐이요, 보이지 않는 인류의 역사는 4만 년이다.

그런데 '보이는 것은 잠깐이요, 보이지 않는 것은 영원하다'는 말은 무엇을 뜻하는 말일까

'영원하다'는 단어는 정말 이해가 되지 않고, 내 머리로 파악이 안 된다.

기껏해야 100년의 삶의 모습도 파악하기 힘든데
더구나 4만 년의 인류의 역사는 어떻게 파악할까?
4만 년도 파악하기 힘든데
'영원성'은 도대체 파악하기가 힘들고 난해하다.

그는 개미를 생각하면서
나무를 보면서
인간의 삶을 생각하면서
인류의 역사를 생각하면서

'보이는 것은 잠깐이요, 보이지 않는 것은 영원하다'의 의미를 파악하려고

생각하다가 끝없는 미로에 빠졌다.

잠을 못 이루고 몸을 뒤척이다가

그는 비몽사몽 간에 꿈을 꾸었다.

꿈에 어렴풋이 누군가가

말하는 소리가 들렸다.

'그러니까 너는 인간이야!'

'인간은 영원성을 모르지!'

그는 진리를 찾는 구도자처럼 누군가를 쫓아가다가

잠에서 깨었다.

주위에는 아무도 없다.

개무살 0-10

개미는 개미다

'산은 산이요
물은 물이로다'

아주 유명한 말이다.
성철 스님이 쓴 책 제목이기도 하다.

'산은 산이요
물은 물이로다'의 뜻을 그는 정확하게 몰랐다.
그는 지금도 그 구절의 뜻을 정확하게 모른다.

그런데 그는 오늘 그 구절의 뜻을 어렴풋이 알게 되었다.

그는 오늘 집에 오는 길목에서 개미를 발견하게 되었다.

지난겨울에 개미를 잘 관찰하지 못하다가 최근에 가끔 개미를 발견했다.

오늘도 길을 가다가 개미를 발견했다.

그런데 뭔가 특별한 상황이 발생한 것을 즉각적으로 파악했다.

발견한 개미들 근처에 쪼그려 앉았다.

그가 자세히 살펴보니 커다란 사건이 발생했다.

개미집이 있는 땅속으로 먹이를 운반하려고 하는데 큰 난관에 봉착한 것이다.

먹이가, 개미의 땅속 집으로 들어가는 대문보다 훨씬 큰 것이다.

개미에게 어려운 문제가 주어진 것이다.

이를테면 비대위를 구성해야 하는 상황이다.

개미에 관심이 많은 그도 갑자기 긴장되고

바로 스마트폰을 꺼내어 사건 취재에 들어갔다.

그리고 사진을 몇 장 찍고 동영상 촬영에 들어갔다.

개미들은 여러모로 방안을 마련하여 먹이를 땅속으로 집어넣고자

한다.

그러나 먹이가 현관문보다 크다.

이쪽으로 끌고 가기도 하고

저쪽으로 끌고 가기도 하고

완전히 막가파다.

하지만 번번이 실패다.

갑자기 그는 개미들을 도와주고 싶은 생각이 들었다.

그러나

그는 개미와 의사소통이 안 된다.

설령 개미와 의사소통이 된다고 하더라도 남의 영역이다.

여기에서 불현듯 떠오른 구절이 있다.

'산은 산이요

물은 물이로다'

그렇다.

'개미는 개미다'

개미의 본질은 변하지 않는다.

그는 옛날에 차를 살 때가 생각났다.

지인에게 차를 샀다.

옵션에 관해 물어보았다.

꼭 달아야 하는가?

지인이 하는 말

'차종이 중요하지 옵션이 중요한 것은 아니다.'

그래서 수동 백미러를 샀다.

불편했다.

그러나 차는 잘 굴러갔다.

그렇다.

머리 색깔이

흰색이냐

검은색이냐

황금색이냐

이것이 인간을 결정하지는 않는다.

개미는 개미다.

아마도 아직 그 먹이를 땅속에 반입하지 못했을 것이다.

범인들은 범행 장소를 재방문하고 싶어 한다고 한다.

그도 며칠 후 그 장소를 또 가보고 싶어 한다.

그러나 동영상의 모습은 전과 같을 것이다.

혹시나 만약 먹이가 땅속으로 들어갔다면

개미가 다른 동물로 비약했을 것이다.

그러나 자연계에는 비약이 없다.

하지만 그는 그 장소를 가보고 싶다.

개미 동영상 1 - 먹이 운반 1

개미 동영상 2 - 먹이 운반 2

>> http://blog.naver.com/flower5353/220994433800

본론

개무살 222-1

개미 나라 운동회

개미는 날마다 일한다. 특히 일개미는 일하는 것이 의무다. 새벽부터 일하고 밤늦게까지 일한다.

어느 날 외계에서 새로운 일개미가 침투했다.

외계인은 처음에는 지구에서 일하는 일개미를 따라 밤낮없이 일에 몰두했다. 그러면서 어느 사이에 지구 일개미를 포섭하여 점차 그 숫자를 늘렸다. 이제 그 지역 일개미의 과반수를 포섭했다. 그리고 여왕개미도 점차 구워삶으려는 작전계획을 세웠다.

때가 되어 외계인은 선포하였다.

"우리 일개미도 이제 일과 놀이를 병행하자. 몇천 년, 아니 몇만 년을 일만 하며 살았다. 이제 시대가 변했다. 우리도 놀면서 일하자!"

"나를 따르라!"

외계인의 한바탕 연설이 끝나자, 광장에 모인 일개미들은 연호했다.

"노세!"

"노세!"

"젊어서 노세!"

여왕개미는 멀리서 망원경으로 일개미의 집회를 관찰하고, 병정개미 대장에게 유사시에는 물대포로 진압하여 일개미를 경찰서에 투옥하도록 명령하였다. 며칠 후 외계인은 또 일개미를 모아서 연설하였다.

"일개미도 이제 놀고 싶다!"

광장에 모인 일개미들은 모두 외쳤다.

"노세!"

"노세!"

"젊어서 노세!"

병정개미 대장은 사태의 흐름이 긴박하게 돌아가는 것을 보고 바로 왕궁으로 달려가 여왕개미에게 보고하였다.

"전하! 이제 봇물이 터지고야 말았습니다."

여왕개미는 사태의 심각성을 파악하고 비대위를 가동했다.

의견이 분분하였다. 강하게 밀어붙이자는 강력파와 타협점을 찾자는 유화파가 팽팽하게 맞섰다.

여왕은 결단을 내려야 했다. 아차 하다가는 통치력에 누수가 생길 것 같았다. 장기집권을 해야 하는데, 어떻게 하나?

여왕은 고민 끝에 통 큰 결단을 내렸다.

'그렇지. 겉으로는 일개미의 의견을 수용하는 척하면서 내 실리는 챙기자. 좋은 방법이 있지. 스포츠를 시켜주자. 그리고 스포츠를 통해 일개미의 소원을 들어주는 척하면서 일개미를 스포츠에 중독이 되도록 하자'

여왕은 일개미를 모이도록 하고 일개미에게 성명을 발표하였다.

"나 여왕개미는 일개미의 소원을 들어주겠다.

오늘부로 일개미에게 놀이를 허용하겠다.

단, 모든 놀이는 '스포츠위원회'에서 결정한다."

곳곳에서 함성이 들렸다.

"여왕 폐하 만세!"

"여왕 폐하 만세!"

그렇게 해서 '스포츠위원회'가 탄생했다.

'스포츠위원회' 위원들은 대체로 병정개미가 차지했다.

병정개미는 엄격한 룰(규정)을 중요시했다.

제1차 스포츠위원회가 열렸다.

스포츠위원회 회의 내용을 볼작시면

(종목 선정: 쇠똥 굴리기

겉으로는 스포츠인데, 속으로는 일 훈련이다)

(처음 채택한 방식: 릴레이 전체 400m를 50m씩 A B A B A B A B 가 달리는 방식. 트랙 안의 금(선)을 밟으면 탈락)

'스포츠위원회'에서 통과된 날로부터 곧바로 '쇠똥 굴리기' 시합은 실시되었다.

일개미는 신바람 났다.

태어나서 지금까지

새벽부터 밤까지

그저 일만 하다가 이렇게 스포츠를 하니 너무 재미있다.

인간들이

골프에

배드민턴에

당구에

중독된 이유를 알겠다.

당구를 처음 배운 사람들이 밤에 잠을 자면 천장에 당구공이 보인다고 하던데, 일개미도 '쇠똥 굴리기'에 중독이 되어 밤에 잠을 자면 천장에 쇠똥이 보였다. 일개미는 오로지 '쇠똥 굴리기'에 정신이 팔려 개미 나라의 정치나 경제에 관심이 멀어져 갔다.

그런데 문제가 발생했다.

쇠똥 굴리기 시합 방식이 너무 어려웠다.

릴레이 전체 400m를 50m씩 A B A B A B A B가 달리는 방식인데

어떤 일개미는 400m를 50m씩 A A B B A B A B로 달렸다. 바로 병정개미가 잘못을 지적했다. 그러자 그 일개미는 '쇠똥 굴리기'가 싫

어졌다.

어느 날 어느 일개미가 새로운 방식을 제시했다.

릴레이 전체 400m를 200m씩 A B가 달리는 방식을 제시했다.

그런데 옛날 방식에 익숙한 대부분 일개미는 옛날 방식을 지지했다. 새로운 방식을 채택하는 것을 꺼린다. 옛날 방식이 어렵고 틀리기가 쉬운데도 옛날 방식을 고집한다.

옛날 그대로

옛날 그대로

그것을 관찰한 병정개미는 이렇게 중얼거린다.

"역시 일개미는 일개미야. 일개미는 평생 일개미야. 일개미는 바보 멍청이. 그러니까 발전이 없고 노예처럼 일만 하고 살아가지."

그리고 병정개미는 여왕개미에게 보고했다.

"여왕 폐하! 작전이 성공했습니다. 일개미는 일을 열심히 하고 있습니다. 그리고 '쇠똥 굴리기' 작전도 성공적입니다. 일개미는 '쇠똥 굴리기'에 푹 빠져 개미 왕국의 정치에는 전혀 관심이 없습니다. 이제 여왕 폐하는 장기집권을 하셔도 반대할 개미가 한 마리도 없습니다.

여왕 폐하 만세!

여왕 폐하 만만세!"

일개미는 앞으로도 노예처럼 살아갈까?

개무살 669-1

여왕
___ 개미의 천국

15대 여왕개미가 등극식을 하였다. 어떻게 15대 여왕개미가 되었는가? 말할 필요도 없이 추대로 여왕이 되었다. 이를테면 체육관선거나 마찬가지이다. 요즘 모든 나라가 민주주의를 채택하여 선거를 통하여 대통령을 뽑는데, 유독 개미 나라에서는 무투표 당선이 자행되고 있었다. 15대 여왕개미는 취임 일성으로 역사 편찬을 한다는 거였다.

"우리 개미 공화국이 인간들(길어야 400만 년)보다 훨씬 긴 역사(8,000만 년)를 갖고 있는데, 겨우 400만 년의 역사를 가진 인간들도 역사 편찬을 하는데 무려 8,000만 년의 역사를 가진 우리 위대한 개미가 역사 편찬 작업을 시도하지 않았다는 것은 우리 개미의 일생일대의 수치가 아닐 수 없다. 그래서 나는 나의 여왕 자리를 걸고 개미

역사를 쓰겠다. 여기에 반대하는 개미는 누구를 막론하고 국법을 무시하고 여왕의 권위를 무시하는 중대범죄자로 간주하겠다. 그리고 역사 편찬 작업에 공이 큰 개미는 크게 포상을 하고 평생 연금을 주도록 하겠다."

여왕의 발표가 끝나자마자 개미역사편찬위원회가 결성되고, 개미역사편찬위원회는 막강한 권한을 휘두르며 왕국 옆에 사무실을 마련했다. 개미역사편찬위원회 사무실 개소식에는 개미 나라의 방귀깨나 뀐다는 인사들이 구름떼같이 몰려들었다.

개미역사편찬위원장으로 임명된 여왕개미의 비서실장은 한마디 하였다.

"우리 개미 공화국의 역사 편찬에 즈음하여 기본 방침을 전달한다.

개미의 역사는 15대 여왕개미의 등극을 기본 축으로 서술하도록 한다.

특히 13대 여왕개미와 14대 여왕개미의 업적은 삭제하도록 한다. 15대 여왕개미의 우상화에 방해가 된다. 또 이번 역사 편찬을 통하여 15대 여왕개미의 우상화 작업에 사활을 걸도록 하기 바란다."

이렇게 시작된 개미 나라의 역사 편찬 작업은 우여곡절을 겪은 끝에 완성되었다. 그 역사책은 비밀리에 비밀 금고에 보관되었다. 역사책을 아무나 읽을 수가 없었다. 여왕개미 비서실장의 허가를 받은 특정 인사만 열람이 허락되었다.

그리고 역사 편찬에 참여한 편찬위원들은 토사구팽(兎死狗烹) 되었다. 역사 편찬의 기밀을 알고 있는 개미는 앞으로 반역의 소지가 있으므로 철저하게 차단하라는 비서실장의 엄명이 있었기 때문이다. 또 편찬위원들은 평생 연금은커녕 교통비도 받지 못하고 퇴출당하였다. 연금을 주면 편찬위원들이 간덩이가 부어 역사편찬위원 활동을 하였다고 떠벌리고 다니면서 여왕의 권위를 추락시키는 행동을 할 수가 있다고 아예 싹을 잘라 버린다고 하였다.

역사 편찬이 끝나자 15대 여왕개미는 두 번째 미션을 발표하였다.

"앞으로 우리 개미의 통신수단은 카톡이나 밴드로 한다. 우리가 지금까지 페로몬이라는 화학물질로 소통하였는데, 소통이 원활하지 못해 인간에게 지배를 받고 있다. 이제 우리도 인간과 똑같이 카톡이나 밴드를 통하여 소통하면 내가 여왕으로 재직하고 있는 동안에 인간을 우리 발로 짓밟을 수 있다. 만약 페로몬으로 소통하는 개미가 있으면 곧바로 체포하여 감옥에 넣는다. 이상."

발표가 끝나자마자 모든 개미는 카톡을 깔기 시작하고 밴드 공부에 나서고 심지어는 밴드 개인 과외를 받기까지 하였다.

15대 여왕개미의 세 번째 미션이 기대된다.

개미가 나무를 오르락내리락하는 동영상. (인간으로 치면 암벽등반)

>> http://blog.naver.com/flower5353/221005078376

개무살 710-1

그는 서자(庶子)

길동이는 어떻게 살았을까? 길동이의 삶이 궁금하다. 길동이는 서자(庶子)로 태어나 서자라는 신분으로 인하여 온갖 천대와 구박을 감수해야 했고, 심지어는 그의 비범함이 장차 화근이 될 수도 있다고 생각한 가족들에 의해 음모로 암살될 위기에 처하기도 한다. 결국, 길동은 모친의 충고로 암살의 위기를 벗어나 정처 없는 방랑의 길을 떠나게 된다. 그러다가 도적의 두목이 되어 '활빈당'이라 자처하고 팔도 지방 수령들의 불의의 재물을 기이한 계략과 도술로써 탈취하여 가난한 백성들에게 나누어 준다. 그러다가 결국 왕이 달래서 병조판서가 되나 만족하지 못하고 율도국이라는 이상국을 건설한다.

그도 서자(庶子)나 마찬가지다. 대학교 국문학과나 국어교육학과를 나오지 않았다. 대학교 때 교사자격증도 따지 않았다. 남들은 그를 시인이라고 말하는데, 그가 과연 그럴 자격이 있을까? 글쎄다. 그런데 그가 ○○년 신협에서 근무하고 있던 어느 날 신문에 공고가 나왔다. 임시중등교원양성소를 설치하여 교사자격증을 준다는 것이다. 그는 처음에는 교사로 발령받기보다 교사자격증만 딴다는 생각으로 양성소 모집 시험에 응시했다. 국어, 영어, 수학 각각 50명씩 뽑는데 그가 ○○학과를 나와서 명색이 ○○학사이기 때문에 수학은 응시할 수 없고, 국어나 영어에서 택일해야 하는데, 그는 떨어지면 창피하다고 생각하여 국어 과목을 응시하여 현재까지 국어교사를 하고 있다. 순간의 선택이 33년을 간 것이다. 네 달간의 강습이 끝나 국어교사 자격증을 따고 ○○년 12월경 임용고시를 보고 ○○년 ○○월 ○○일 ○○고등학교에 발령을 받았다. 발령을 받고도 어색하기는 마찬가지였다. 그는 ○○학과를 나왔으니 농협에 근무하든가, 아니면 은행에 근무하든가 해야 마땅하다는 생각이 항상 머리에 박혀 있었다. 그래서 3년만 하고 그만둔다고 하였는데 ○○년에 결혼하니 처자식을 먹여 살려야 한다는 생각이 불현듯 떠오르고, 결국 무려 33년간이나 국어교사로 근무하게 되었다. 그는 옛날 영화 장면이 떠올랐다. 어떤 여자가 강간을 당했는데 그 여자는 자기의 정절을 지키지 못했다는 죄책감으로 날마다 몸을 깨끗이 씻었다. 특히 아랫도리를 틈만 나면 씻었다. 그도 그런 심정이었다. 똥 싸고 나서 밑을 덜 닦은 느낌이 들었다.

그러던 차에 ○○년 여름방학 때 1급 정교사 강습이 있었다. 한 달 정도 국어교육을 받고 2급 정교사에서 1급 정교사로 자격증이 갱신되는 것이다. 때는 왔다. 드디어 그는 자기의 부끄러움을 씻을 기회가 왔다고 생각했다. 국어교사끼리 공부하여 자기의 체면을 세우는 거다. 마치 적자(嫡子), 서자(庶子) 다 모여 과거시험 보는 기분이 들었다. 여름에 땀 흘려 강습받으면서 열심히 공부하여 몇 명인가 기억이 안 나지만 그중에서 1등을 하였다. 그래서 그는 교육감상을 받았다. 그러나 그때뿐이다. 항상 꼬리표는 따라다녔다. 홍길동에게 서자라는 꼬리표가 따라다닌 것처럼, 그에게도 양성소 출신이라는 꼬리표는 따라 다녔다. 그러다가 이제는 뭔가를 보여주어야 하겠다는 생각이 들었다. 그래서 대학원을 다녔다. 교육대학원을 나왔다고 하면 뭔가 떳떳하고 자랑스럽지 않을까. 그렇지만 ○○년 교육대학원을 졸업했어도 역시 똥 싸고 나서 밑을 덜 닦은 느낌이 드는 것은 마찬가지였다. 그는 그렇게 우여곡절을 겪다가 정년 퇴임할 때가 다가오니 감회가 새로워졌다. 주위에도 그런 사람이 있다. 그가 아는 교장은 군인 출신이다. 그래서 교련교사로 근무하였다. 그러다가 교련과목이 없어지자 부전공 강습을 받아 일반사회 자격증을 따서 근무하다가 장학사 시험을 보아 합격하여 장학사가 되었다. 그러다가 교감이 되고, 지금은 교장이 되었다. 지금 교장에게 당신 옛날 교련교사였으니까, 라고 시비를 거는 교사는 없다. 그런데 그는 항상 뒤통수가 간지러웠다.

어렸을 때 들은 이야기가 있다. '야! 너는 다리 밑에서 주워 왔대.' 그냥 귀에 스쳐 지나가고 말았지만 조금 꺼림칙하였다. 그는 자기가 정말로 입양안가? 생각하였다. 그래. 자기하고 형하고 나이 차이가 일곱 살이니까, 자기가 어디서 주워온 아이일지도 몰라 그런 생각이 들었다. 그러다 조금 커서야 그 말뜻을 어렴풋이 짐작했다. 그는 자기가 양다리 사이에서 주워 온 아이가 틀림이 없다고 생각했다. 우리나라에서 양다리 사이에서 주워 오지 않은 아이가 있으면 나와 보라고?

적자니 서자니 차별한다는 것 자체가 잘못된 것이 아닐까?
적자나 서자나 인간은 똑같은데…….

푸른 하늘 아래 인간은 다 똑같지 않은가?

개무살 720-1

비가 오면 ― 생각나는 그 사람

비가 온다. 아침부터 비가 온다. 오후까지 비가 온다. 장마 기간인가 보다. 창밖을 보니 베린다 창들에 눌방울이 달려있다. 물방울에 우산이 비친다. 비가 오는 날이면 우산이 생각난다.

〈우산〉 노래도 있었다.

이슬비 내리는 이른 아침에

우산 셋이 나란히 걸어갑니다.

파란 우산– 깜장 우산– 찢어진 우산–

–하략–

요즘에는 투명우산도 있는데.

우산을 보니 초등학교 어린 시절이 떠오른다. 초등학교 1학년과 2학년을 먼 곳까지 걸어 다녔다. 아주 시골에서야 먼 곳을 걸어 다니는 것이 당연하다. 그런데 명색이 대도시에서 먼 거리(약 1.5km)를 버스를 타지 않고 걸어 다녔다. 코앞에 초등학교가 있었는데. 물론 자가용은 없었다. 어렸을 때는 왜 멀리까지 학교에 다녀야 하는지를 몰랐다. 그냥 학교에 다녔다. 오늘 집에 오는 길에 세심하게 인도 바닥을 살펴보았다. 비가 오는데 개미가 활동하는가? 역시나 비가 오면 개미는 지하 방공호에 숨는가 보다. 개미가 전혀 보이지 않았다. 개미는 비가 오면 땅속으로 숨는다. 그냥 숨는다. 그렇다. 어렸을 때 개미처럼 살았는가 보다. 그저 학교에 가라고 하니까, 학교에 가야 하니까 멀거나 말거나 학교에 다녔다. 그냥 학교에 다녔다. 나이가 들고 머리가 크면서 알았다. 왜 멀리까지 학교에 다녀야 하는가? 소위 요즘 말하는 8학군을 따라 학교를 보낸 것이다. 초등학교 1학년 학생이 8학군을 어떻게 알까? 그저 부모가 시키는 대로 할 뿐이지. 당시에는 중학교 입시가 있었다. 전설의 고향에나 나올 이야기다. 중학교 입시를 위해, 이름 있는 중학교를 많이 보낸다는 초등학교에 가도록 한 것이다. 맹모삼천(孟母三遷)이 생각난다. 옛날이나 지금이나 자녀교육에 대한 부모의 마음은 똑같은가 보다.

그렇게 먼 곳까지 1.5km를 걸어서 초등학교에 다니던 어느 날이다. 오늘처럼 그때도 아침에는 비가 오지 않다가 한 시간이 지나 갑자기 소나기가 내렸다. 요즘에는 부모가 자식에게 일기예보를 보고 우산을 잘 챙겨준다. 만약에 챙겨주지 못하면 학교 끝나는 시간에 맞추어 자가용으로 자녀를 모시러 간다. 당시에 부모는 일하러 가기에 바쁜데, 무슨 우산을 챙겨주었으랴? 초등학교 2학년 학생은 학교가 끝나고 집에 오는데 갑자기 폭우가 쏟아지는 비상사태를 맞이한 것이다. 개미처럼 지하 방공호로 피신할 수가 없었다. 그저 아무 말 없이 비를 하염없이 맞으며 집을 향하여 걸었다. 버스를 탄다거나 택시를 부른다거나 그런 것을 몰랐다. 그냥 집을 향해 걸어갈 뿐이다. 한참 묵묵히 도를 닦는 기분으로 걸어가는데 어떤 아저씨가 우산을 씌워주는 것이다. 얼마나 고마운지. 초등학생의 어린 마음에도 너무나 고마운 마음이 들었다. 그렇게 집에 왔다. 초등학교의 아련한 추억 속에 우산이 생각난다. 그 뒤로 초등학생은 비가 오면 항상 우산이 생각났다.

"이슬비 내리는 이른 아침에
우산 셋이 나란히 걸어갑니다.
파란 우산– 깜장 우산– 찢어진 우산–"
그리고 그 아저씨가 생각났다.

그 아저씨를 만나면 이제 고맙다고 말하고 싶은데…….

그리고 그때의 초등학생도 이제 아저씨가 되었다고 말하고 싶은데…….

개무살 720-2

초가집 구조

요즘은 안개인지 미세먼지 하늘이 뿌옇다. 도시와 떨어진 지리산에 갔을 때도 산 정상이 뿌옇다. 그렇게 흐릿한 모습으로 가끔 초가집이 눈앞에 어른거렸다. 분명히 초가집이었다. 민속촌에 나오는 것처럼. 가을이면 사다리를 타고 올라가 이엉을 얹었다. 요즘으로 치면 해마다 지붕을 리모델링하는 셈이다. 방이 몇 개였더라. 다섯 개가 확실하다. 안방과 사랑방은 우리가 사용하였다. 안방 오른쪽에 삐쭉 나온 방은 전세(?)를 내주었다. 몇 푼이나 받았는지 알 수가 없다. 꼬마가 어렸을 때는 돈을 몰랐으니까. 그저 주는 돈이나 받아서 썼으니까. 사랑방에 꼬마가 살았다. 사랑방에는 꼬마 말고 하숙생도 살았다. 꼬마의 엄마는 돈을 벌기 위해 여러 가지 일을 했다. 하숙생도 받았다. 감 장사도 했다. 돼지도 키워 팔았다. 사랑방 왼쪽에는 방이 두 개가 앞뒤로 있었다. 앞에 있는 방도 전세(?)로 내주고 뒤에 있는 방도 전세(?)로 내주었다. 뒤에 있는 방에 과자 만드는 소규모공장이 들어왔다. 꼬마는 과자 공장에서 아르바이트하며 과자를 얻어먹었다. 방마다 마루가 있었고 각각 부엌이 딸려있었다. 그리고 안방 뒤쪽에는 대청마루가 있었다. 대청마루는 보물 창고와 같았다. 쌀이나 곡식을 보관했다. 안방에는 부엌 위로 벽장이 있었다. 사랑방에는 다락방이 있었다. 다락방에는 신주를 모셨다. 옛날 유교 집안에서 가장 소중한 제사를 지내기 위해 집안에 사당을 들인 형태였을 것이다. 실제로 제사는 중요한 행사였다. 꼬마의 아버지는 양자를 갔다. 호적상(주민등록상)으로는 꼬마의 할아버지의 장자인데, 족보상으로는 꼬마의 할아버지의 형의 장자로 되어있다. 그래서 재산을 물려받고 제사를 지내는 셈이다. 그래서 꼬마는 설이나 추석 때면 수없이 많은 무덤에 성묘하러 다녔다.

집 앞에 마당이 있었다. 마당의 용도는 다목적이다. 마당은 일터가 되기도 한다. 가을에 시골에서 말수레로 벼를 실어 온다. 그러면 마당에 노적가리를 쌓아놓고 조금씩 꺼내어 훌테(원시시대 탈곡기)로 탈곡을 하였다. 마당은 꼬마에게 놀이터가 되기도 한다. 마당에서 구슬치기를 하였다. 마당은 한마당 축제의 장소로 변하기도 한다. 꼬마의 부모가 환갑이 되었다고 환갑잔치를 마당에서 했다. 덕석(멍석)을 펼쳐놓고 잔칫상을 차리고 그 위에 천막(차일)을 쳐서 진행했다. 마당에서 앞에 보이는 담 쪽으로 왼쪽에는 화장실이 있었다. 꼬마가 어렸을 때

제일 무서운 것이 밤에 화장실 가는 것이었다. 꼬마는 캄캄한 밤에 담벼락 근처에 있는 화장실 가기가 두려웠다. 혹시나 귀신이 나타날까? 그래서 밤에는 마루에 있는 요강을 사용해서 일을 처리했다. 마당에서 앞에 보이는 담 쪽으로 중앙에는 돼지우리가 있었다. 꼬마 집은 가난했다. 논이나 밭은 조금 있어서 먹는 것은 어느 정도 해결했는데, 돈이 없었다. 그래서 돈을 벌기 위해 돼지를 키웠다. 새끼 돼지를 사서 남은 밥(음식 찌꺼기)을 먹여 어미 돼지가 되면 팔아서 꼬마의 학교 납부금에 충당하였다. 마당에서 앞에 보이는 담 쪽으로 오른쪽에는 텃밭이 있었다. 텃밭에는 채소를 가꾸었고, 채소를 집에서 먹기도 하고 장에 내다 팔기도 했다. 또 텃밭에는 꽃도 재배했다. 봉숭아꽃이 생각난다. 봉숭아꽃으로 손톱에 물을 들여 아름다움을 표현했다. 채송화꽃도 있었다. 분꽃도 있었다. 접시꽃도 있었다. 나팔꽃도 있었다.

그리고 꼬마네 집과 꼬마네 집의 오른쪽 집 사이에 펌프(지하에서 물을 퍼 올리는 기구)가 있었다. 펌프로 물을 받아 등목했다. 꼬마네 집과 꼬마네 집의 오른쪽 집 사이에는 장독대가 있었다. 펌프가 건설되기 전에는 꼬마네 집의 왼쪽 집에 있는 공동 우물에 가서 양쪽에 물 양동이를 지고 물을 길어 왔다. 그리고 집 오른편과 집 뒤쪽으로 학교가 있었다. 꼬마는 어렸을 때부터 학교 옆에서 살았다. 꼬마의 앞날에도 항상 학교가 옆에 있을까?

이미자 - 봉선화

>> https://www.youtube.com/watch?v=QIEJLvzoDxw

개무살 720-3

삼국유사 (三國遺事) 패러디

그는 어느 상점에 들어갈까 망설이다가 만만하게 보이는 '자유 게시판' 가게에 들어갔다. 그는 '자유 게시판'에 들어가서 오늘 겪은 일을 생각하며 글을 썼다. 그는 오늘 마음이 겁나게 울적하다. 아침에 일찍 일어나, 아니 습관적으로 빨리 일어나 배드민턴장에 가서 환갑의 나이에 과격하게 배드민턴을 치고 나서 샤워를 하고 기분 좋게 집에 왔다. 그런데 이게 어인 일인가? A가 세상을 떠났다는 문자가 그에게 왔다. 그래서 그는 동창회 총무에게 확인 전화를 하였다. 본인상이 맞아? 그러자 동창회 총무는 가라앉은 목소리로 '그래'라고 대답했다.

올해 5월엔가 총동창회 체육대회 때 얼굴을 보았는데 이제 직접 얼굴을 볼 수 없고 사진으로만 A를 볼 수 있다고 하니 그의 마음은 착 가라앉는 느낌이다. 그래 어차피 태어나면 죽는 건데. 조금 빨리 가냐 조금 늦게 가냐 하는 것은 해외 여행할 때 시차의 차이일 뿐이라고 그는 생각했다. 그는 저녁에 대형병원 장례식장에 갔다. 동창들이 안 보였다. 동창을 보러 간 것은 아니었지만 무척 허전하였다. 옛날부터 말이 있지. '정승 집 개가 죽으면 문전성시를 이루고, 정승이 죽으면 개 한 마리 얼씬거리지 않는다.' 그래서 술이 죽는다. 그는 혼자 자작으로 몇 잔을 들이켜고 있는데, B가 나타났다. B는 A와 초등학교, 중학교, 고등학교 동창이었다고 한다. 그러면서 B가 갑자기(뜬금없이) 신라 골품제도를 이야기하였다. 자기는 신라 시대 때 태어났다면 4두품이었을 거라고 하였다. 왜 그러냐니까? B가 하는 말이 자기는 시골에서 기차통학을 하였다고 한다. 자기가 볼 때 시골 태생이 대도시에서 하숙하면 6두품이고, 자취하면 5두품이고, 시골에서 기차통학하면 4두품이라고 하였다. 기차통학의 아픔을 이야기하면서 지각을 밥 먹듯이 했다고 한다. 그러면서 다음에 자식한테는 기차통학을 대물림하지 않겠다고 각오가 대단하였다고 한다. 실제로 B는 고위직 공무원이 되어 자식에게 기차통학을 시키지는 않았다. 그런 이야기를 듣고 그는 대도시에서 가난하게 자랐지만 그래도 진골은 되구나 하고 돌아가신 부모가 자랑스러웠다. 졸지에 그는 상갓집에서 ○○고등학교 동창의 야사(野史)를 들었다. 집으로 오는 길에 안타까운 B

의 모습이 떠올랐다. B가 학교 다닐 때 시골에서 기차 타고 와서, 새벽같이 A의 하숙집에 와서 몸을 녹이더니만, 이제 A의 가는 길을 지켜주려고 장례식장에 남아 있는 모습이…….

그는 갑자기 개미가 떠올랐다. 개미는 여왕개미와 수개미와 병정개미와 일개미로 나누어졌다고 했는데, 신라 골품제도와 비슷하네.

신라의 골품제도

등급	관등명	진골	6두품	5두품	4두품	공복
1	이벌찬					자색
2	이찬					
3	잡찬					
4	파진찬					
5	대아찬					
6	아찬					비색
7	일길찬					
8	사찬					
9	급벌찬					
10	대나마					청색
11	나마					
12	대사					황색
13	사지					
14	길사					
15	대오					
16	소오					
17	조위					
과등		골품				

카스트 제도 구분

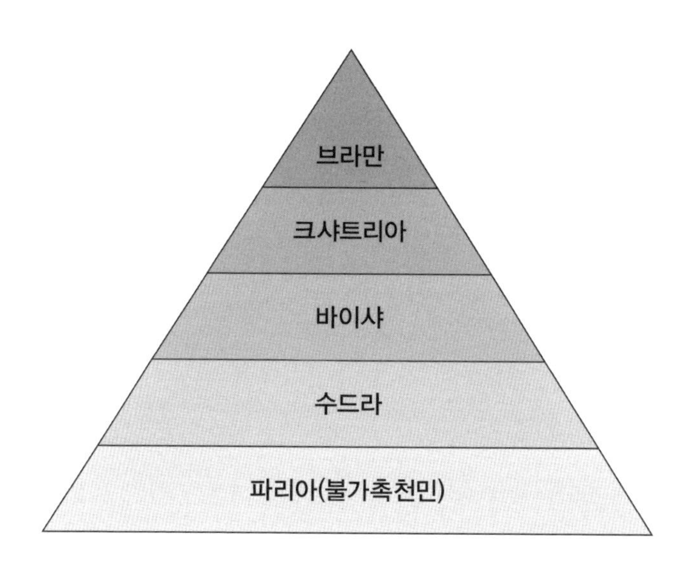

브라만(승려)
성직자, 학자 등으로 사회인의 교육과 힌두교의 신들에게 기도를 드리는 일을 한다.

크샤트리아(왕이나 귀족)
왕족, 귀족, 무사로 사회 제도와 안보를 유지하며 국가를 통치하는 일을 한다.

바이샤(상인)
농민, 상인, 수공업자로 생산 활동과 관련된 일을 한다.

수드라(일반백성 및 천민)
잡역, 하인으로 노예에 해당한다.

파리아(불가촉천민)
노예보다 못한 계급으로 힘들고 더러운 일을 한다.

개무살 730-1

한 많은 미아리 고개

한 많은 미아리 고개와 같은 삶을 살았다.

한 많은 미아리 고개의 가사를 들어보자.

"미아리 눈물 고개 님이 넘던 이별 고개/화약 연기 앞을 가려 눈 못 뜨고 헤맬 때/당신은 철삿줄로 두 손 꼭꼭 묶인 채로/뒤돌아보고 또 돌아보고 맨발로 절며 절며/끌려가신 이 고개여 한 많은 미아리 고개"

미아리 고개!

원래 이 고개를 되넘이 고개라 하였다. 병자호란 때 되놈〔호인(胡人)〕들이 넘어왔다가 넘어갔다고 해서 붙인 이름이다. 그리고 1950년 6·25전쟁 때 북한군이 탱크를 앞세워 이 고개에서 아군과 치열한 공방전을 벌였으며, 3개월 후 9·28 서울수복 때 쫓겨 가던 북한군이 이 고개를 넘어 퇴각하면서 많은 애국인사를 북으로 끌고 간 후 돌아오지 못하게 되자 '한 많은 미아리 고개'라는 이름이 붙기도 했으며, 한과 슬픔을 담은 '단장의 미아리 고개'라는 대중가요가 나와 심금을 울리기도 하였다.

그녀는 중소도시에서 태어나 살다가 평범한 남자와 결혼했다. 남부지방의 소규모도시에서 결혼생활을 시작했다. 1960년대 모두가 어려울 때 굶지 않고 먹고 살았다. 친정어머니가 오면 바닷가에서 나오는 젓갈과 김도 보자기에 싸서 집에 갈 때 가져가시라고 드렸다. 남편은 시계방을 했다. 옛날에 시계방을 하면 돈을 좀 벌었다. 그리고 남편은 새끼 꼬는 기계를 사서 집에서 가내수공업으로 새끼를 꼬았다. 손으로 새끼를 꼬다가 기계로 손을 꼬게 되니 대량생산이 가능하게 되었다. 새끼가 대량으로 필요한 곳에 새끼를 팔아서 돈을 벌었다. 조금 돈을 모았다. 그런데 항상 돈이 조금 있으면 문제가 발생한다. 요즘에도 돈벼락을 맞은 사람이 진짜 날벼락을 맞는 경우가 있다. 시골 땅이 어느 날 택지개발을 하게 되어 보상금을 몽땅 받아 돈벼락을 받은 사람이 술과 도박과 여자로 집안이 망가진 경우가 있다. 아무튼, 돈이 조금 있게 되자 남편은 바람이 나서 바람과 함께 사라졌다.

그때부터 '한 많은 미아리 고개'의 삶이 시작되었다. 시계방을 운영할 사람이 없으니까 시계방은 문을 닫았다. 그리고 새끼 꼬는 기계도

울 스톱되었다. 달콤한 신혼살림은 개 박살 났다. 일단 신혼집에서 철수했다. 친정집 근처로 이사했다. 그래도 기댈 곳이 친정이었기 때문이다. 그러나 친정집도 가난했다. 구멍가게를 시작했다. 그러나 장사를 해본 경험이 없어 밑천만 들어가고 본전도 뽑지 못하고 중도파산하고 말았다. 그녀는 새로운 지역으로 가보자는 생각이 들었다. 그래서 서울 근처 위성도시로 갔다. 맨땅에 헤딩하기다. 산기슭에 있는 천막집을 겨우 얻어 새로운 삶을 시작했다. 군부대에서 나오는 짬밥(남은 밥)을 얻어 돼지를 키웠다. 그녀가 어렸을 때 보았던 돈벌이 방법이다. 그녀의 어머니는 돼지 새끼를 사서 집에서 나오는 음식물 찌꺼기를 먹여 돼지가 크면 팔아서 살림살이에 보탰다. 그리고 자녀들은 돈벌이에 나섰다. 밥 먹고 사는 것이 중요하다. 큰아들은 구두닦이를 했다. 그럭저럭 먹고 살았다. 겨우 입에 풀칠하며 먹고 살았다. 그러던 어느 날 남편이 돌아왔다. 원래 돈 갖고 십 나간 사람은 돈이 떨어지면 집에 돌아온다는 평범한 진리를 몸소 보여주려는 것처럼. 학교 다니다가 납부금 타서 가출한 학생은 돈을 다 쓰면 집에 들어오는 것처럼.

남편이 돌아온다고 갑자기 집이 부유해지는 것은 아니다. 하지만 남편은 기술이 있었다. 시계 수리하는 기술. 그래서 있는 재산을 몽땅 털어 아주 조그만 가게를 얻었다. 마지막 기회다. 시계도 수리하고, 이것저것 파는 가게를 열었다. 운이 좋게도 가게 옆에 버스정류장이 있었다. 버스정류장을 군인들이 많이 이용했다. 군인들을 대상으로 물건을 팔았다. 물건은 청계천에 가서 싸게 샀다. 그리고 군인들에게 팔았다. 군인들은 모두 현금으로 샀다. 외상이 없다. 아무리 돈을 벌었다고 해도 외상장사는 항상 불안하다. 물건을 가져가는 사람들은 급하게 가져가고 다음에 꼭 준다고 하고 다음에 안주는 경우가 많았다. 그리고 물건을 가져가고 함흥차사가 된 사람도 많았다. 그런데 군인은 현금으로 사 간다. 그리고 군인은 가격을 깎지 않는다. 가격을 흥정하는 군인은 없다. 아무튼 장사가 잘되어 돈을 좀 벌었다. 이제 돈 관리는 그녀가 한다. 한번 당했으면 두 번째는 안 당해야지. 내가 바보인가? 번 돈을 움켜쥐고 절대 남편에게 돈을 맡기지 않고, 돈을 벌면 무조건 은행에 맡겼다.

이제 돈을 버는 재미가 쏠쏠하다. 돈은 돈을 번다. 가게도 약간 확장했다. 물건도 더 많이 진열했다. 이것저것 찾는 사람이 점차 늘어났다. 집도 사고 건물도 샀다.

이렇게 돈만 벌고 행복한 시절이 계속되었으면 얼마나 좋았을까?

그런데 돈이 조금 많아지면 문제가 발생한다.

이번에는 남편에게서 문제가 발생하는 것이 아니라, 자식들에게서 문제가 발생하였다.

어떻게 자식들에게서 문제가 발생하였는가?

김연자 - 단장의 미아리 고개 2012.01.23 キムヨンジャ

>> https://www.youtube.com/watch?v=FZI2YNTt6h0

개무살 1004-1

자살을 꿈꾸는 지렁이

자전거를 타고 배드민턴 치러 간다. 자전거도로 바닥을 보니 지렁이가 집단시위를 하러 나온 모양이다. 사람들은 시위하면 물대포만 맞으면 되지만, 지렁이가 자전거도로에서 시위하면 어떻게 될까? 묵직한 자전거 타이어에 깔려 창자가 터지거나, 남북분단이 된 것처럼 반 토막이 되지나 않을까? 그러다가 결국 사망하지 않을까?

자전거를 타고 가면서 곰곰이 생각해보았다.

자살을 꿈꾸는 지렁이?

그렇다. 자살을 꿈꾸는 지렁이라고.

저녁에 아는 분에게 이야기했다. 지렁이가 자전거도로에 집단으로 나와 있다고. 도로에 나온 지렁이가 거의 죽더라고. 그런데 모든 생명

체는 살려고 노력하는 것이 아니냐고? 그랬더니 그 사람이 한다는 말이 이렇다. 지렁이가 땅속에 있다가 바람 쐬기 위하여 땅 밖으로 나오는데, 걸음이 느려 천천히 이동하다 보니까 자전거도로에서 자살하는 것처럼 보인다고 하였다. 아울러 동물은 지능이 없어 자살을 생각하지 못한다고 한다. 개미도 집을 짓고, 인간도 집을 짓는데 뭐가 다른가? 개미는 똑같은 모양의 집을 짓는데 인간의 집은 다양하다는 것이다. 개미는 생각하는 힘이 없다는 것이다.

그런데 인간은 동물과 다르게 자살을 꿈꾼다.

인간은 생각하기 때문에

내가 아는 친구에게 들은 이야기다. 그 친구는 교사이다.

그 친구가 들려준 이야기를 소개하겠다.

그 친구가 고3 담임을 할 때의 이야기라고 하였다.

* * *

4월 무렵 어느 날 학생이 학교를 안 왔다. 4월이면 대체로 학생들을 어느 정도 파악할 무렵이라 그 학생이 학교에 안 나온 것이 이해가 가지 않았다. 그 학생은 대체로 착실하고 성실하였다. 그래서 무슨 일일까, 하고 학생에게 전화했다. 전화를 받지 않았다. 이상하다고 생각하고 집에 전화했다. 전화가 불통이었다. 학생 엄마에게 전화했다. 신호는 가는데 묵묵부답이다. 학생 아빠에게 전화했다. 전화를 받지 않는다.

아! 무슨 일이 벌어졌구나. 그래서 교무 수첩에 적혀있는 아빠 회사로 전화했다. 학생 아빠가 전화를 받았다. 전화 내용은 사고가 나서 병원 응급실에 있다는 거였다. 자가용으로 병원에 갈까 하다가 마음이 떨려 자가용을 포기하고 택시를 타고 부랴부랴 병원에 도착하였다. 응급실에는 학생 엄마가 있었다. 엄마에게 자초지종을 들었다. 그러면서 엄마는 학교에서 무슨 일이 없었냐고 묻는다. 교사는 특별한 일이 없었다고 답변했다. 엄마의 이야기로는 학생이 아파트에서 땅으로 떨어져서 119를 불러 지금 병원 응급실에 왔다고 하였다. 위급상황이다. 그 뒤로 교사는 날이면 날마다 퇴근하여 병원을 갔다. 교사가 병원에 간다고 하여 학생이 금방 낫는 것이 아니겠지만, 담임교사라는 이유로 학생을 보러 갔다. 병원에 왔다 갔다 하면서 교사는 이 생각 저 생각이 들었다. 높은 아파트에서 떨어졌는데 어떻게 살았을까? 의문이다. 그러면서 교사 나름대로 추측을 했다. 학생의 옷이 찢어졌다고 하는 것으로 보아 학생이 아파트 창에서 떨어지다가 나무에 일단 걸쳤을 것으로 추측했다. 그래서 충격을 흡수하고 나무 밑 풀밭에 살며시 떨어졌으리라고 추측했다. 그러나 진짜 의문은 남아 있었다.

왜 아파트에서 창밖으로 뛰어내렸을까?

학생 엄마는 학교에서 무슨 일이 있어 학생이 우발적으로 뛰어내렸을 거라고 교사에게 자꾸 학교에서 무슨 일이 없었냐고 교사에게 다그쳤다. 교사는 학생에게 특별한 일이 없었다고 답변했다.

교사는 여러모로 생각을 전개해 갔다. 그 학생의 1학년과 2학년 때의 생활을 동료 교사에게 물어보았다. 그리고 교사는 학생의 친구들에게 그 학생에 대해 다각적으로 알아보았다. 그리고 교사는 그 학생의 가족 관계에 대해서도 여러모로 추측을 해보았다.

확실하게 원인이 나타나지 않았다.

그러나 교사가 그 학생에게 그 이유를 물어볼 수는 없었다. 너무나 잔인한 질문이 될까 보아서. 그 학생은 사고가 난 뒤 휴학을 했다.

그리고 그다음 해 휠체어를 타고 복학했다. 교사는 그 학생의 고3 담임을 또 맡았다.

그래서 교사와 그 학생은 아무 말 없이 생활하다가 그 학생은 대학교에 진학하였다.

* * *

여기까지 말을 마친 그 친구는 숨을 몰아쉬면서

자기가 학교에 근무하면서 겪은 최대의 사건이라고 하였다.

나는 〈임금님 귀는 당나귀 귀〉라는 동화가 떠올랐다. 이발사가 '임금님 귀는 당나귀 귀'라는 사실을 알고도 평생 비밀을 지키다가 도저히 참을 수가 없어 대나무밭에 들어가 '임금님 귀는 당나귀 귀'라고 크게 소리 높여 외쳤다는 이야기.

이제 그 친구도 나에게 평생 간직한 비밀을 나에게 털어놓았으니 속이 후련하고 발을 쭉 뻗고 잘 것이다.

나는 그 이야기를 듣는 순간 전염병에 걸린 것처럼

'왜 아파트에서 창밖으로 뛰어내렸을까?'

자꾸 그 모습이 떠오른다.

모든 생물은 살려고 노력하는데

왜 인간은 뜬금없이 자살을 꿈꿀까?

개무살 1005-1

신문팔이 소년

그는 자기가 살아온 삶을 돌이켜 보았다.

어렸을 때 보았던 '성냥팔이 소녀'가 떠올랐다.

새해를 하루 앞둔 밤, 한 굶주린 성냥팔이 소녀가 추운 거리를 걷고 있다. 성냥을 팔지 못하면 집에 돌아갈 수도 없는 소녀는 꽁꽁 언 손을 녹이기 위해 성냥 한 개비를 긋는다. 그러자 빨갛게 타오르는 불꽃 속에서 온갖 환상이 소녀 앞에 나타난다. 첫 번째 성냥은 큰 난로가 되고, 이어서 맛있는 음식이 차려진 식탁, 그리고 예쁜 크리스마스트리가 나타나는데, 크리스마스트리에 달린 불빛은 높은 하늘로 올라가 밝은 별이 되었다. 그 불빛 속에 할머니가 나타나자 소녀는 자신도 그곳으로 데려가 달라고 부탁한다. 소녀는 할머니를 계속 머물러 있게 하려고 남은 성냥을 몽땅 써버린다. 그러자 사방은 밝아지고 소녀는 할머니에게 안긴 채 하늘 높이 올라간다. 추운 밤이 지나고 날이 밝자 소녀는 미소를 띤 채 죽어 있었다. 그러나 소녀가 어떤 아름다운 것을 보았는지, 얼마나 축복을 받으며 할머니와 함께 즐거운 새해를 맞이하였는지 아는 사람은 아무도 없었다.

그는 자기의 일생을 결정지은 것이 바로 중학교 때의 생활이라고 결론지었다.

바로 자기가 겪은 중학교의 생활이 '성냥팔이 소녀'의 삶과 비슷하다고 생각했다.

그는 가난했다. 속된 말로 똥구멍이 찢어지게 가난했다. 겨우 밥은 먹고 살았다. 시골에 논이 조금 있어서, 가을 벼 수확이 끝나면 쌀가마가 집 대청마루에 조금 쌓여 있었다. 집 앞에 텃밭도 조금 있어서 채소도 뜯어 먹고, 남는 채소는 팔아서 집안 살림에 보탰다. 그런데 그의 아버지가 무직에 가까워 집에 현금이 거의 없었다.

그래서 문제가 발생했다. 돈이 없어서 돈을 벌어야 했다. 겨우 중학교는 다니는데, 항상 납부금을 낼 때 어려웠다. 새끼 돼지를 사서 집에서 나오는 음식 찌꺼기로 키워 팔아서 집안 살림에 보탰다. 항상 돈에 굶주렸다.

그래서 신문팔이 소년이 되었다. 시작은 좋았다. 취지도 좋았다. 집

안 살림에 보탠다는 것이다. 그래서 시작한 신문팔이를 처음에는 잘 했다. 신문을 잘 돌리고 수당을 받아서 집안 살림에 보태고, 자기 용돈으로도 사용하였다.

그런데 항상 돈이 문제를 일으킨다. 그가 돈맛을 본 것이다. 이제 신문팔이가 중요하지 않다. 돈이 중요하다. 돈을 벌어 돈을 사용해보니 무척 돈이 무척 달콤하다. 돈이 무척 달짝지근하구나. 돈이면 뭐든 해결할 수 있구나.

아! 돈이 모든 것을 지배하구나

그래서 집에서 돈 되는 것을 찾아보았다. 별로 없었다. 집이 있었는데, 중학생의 나이에 집을 팔아먹을 재간이 없었다. 논도 있었는데, 중학생의 나이(15살)에 논을 팔 수 있는 법적 절차를 몰랐다. 밭도 있었다. 밭도 팔기에는 힘에 벅찼다.

눈에 들어온 것이 있었다.

쌀이다. 바로 저거다. 당시에는 쌀이 돈이다. 나라 전체가 가난하고 쌀이 귀하던 시절에 쌀은 바로 현금이다. 당시에 쌀가게를 하면 떼돈을 벌었다.

그래 저 쌀을 부모 몰래 훔쳐서 돈으로 바꾸어 내가 먹고 싶은 것도 먹고, 내가 사고 싶은 것도 사고, 내가 하고 싶은 것도 하자.

그렇게 돈맛을 아니, 학교에 흥미가 없어졌다.

학교에 왜 가냐? 답답하게. 돈 쓰기도 바쁜데.

그렇게 학교와 멀어지기 시작했다.

이제 학교는 남의 나라다.

'성냥팔이 소녀'를 닮은 '신문팔이 소년'은

중학교 때부터 학교와 멀어지기 시작하였다.

과연 그는 앞으로 어떻게 될까?

결론

1

동굴에서 광장으로

° 2016년 11월 14일 기록

그는 초등학생으로 되돌아간 느낌이었다.

그는 생각했다. 어려운 미적분 문제를 푸는 것도 아니고, 단순하게 숫자를 세는 것인데, 기관마다 숫자가 다르다고 하니 이상야릇하였다. 그래서 이제 직접 세어 보자고 현장에 나섰다.

그런데 출발부터가 쉽지가 않았다. 평소에는 서울에 급행버스를 타고 가면 빠른데, 급행버스를 타려고 하였더니, 버스 기사가 '오늘은 버스가 많이 막힙니다. 차라리 전철로 가세요.' 하고 친절히 안내를 해주는 것이었다. 그래서 전철을 타고 목적지에 내려서 광장으로 나가려고 하니 전철에서 안내 방송이 나온다. '1, 2, 3, 4, 5번 출구는 혼잡하여 나갈 수 없고, 그나마 9번과 10번 출구로 나가는 것이 혼잡

하지 않습니다.' 벌써 긴장된다. 그래도 여기까지 왔는데, '칼을 뽑았으면 무라도 찔러라'는 말처럼, 일단 9번 10번 지하철 출구를 통하여 지상으로 나가기로 했다.

밖으로 나오는 순간 아찔했다.

모두 '동굴'에서 '광장'으로 나온 것 같다.

갑자기 최인훈의 〈광장〉이 떠올랐다.

최인훈의 〈광장〉에서 '밀실(동굴)'은 인간의 개인 생활이고, '광장'은 인간의 사회생활이라고 볼 수 있다.

현대인들은 아파트 ○동 ○호 안에서 동굴생활을 즐기고 있었다. 그리고 아침에는 동굴을 빠져나와 일터에 가서 하루를 보내고 저녁에는 각자 자기의 동굴로 돌아온다. 일터에 가는 것은 동굴의 생활을 보다 윤택하게 하기 위함일 것이다. 가끔 주말에는 관광버스를 타고 서로 어울려 단풍 구경을 간다. 그런데 단풍을 보는 장소는 광장이 아니다. 달팽이가 껍데기에서 밖으로 나와 잠깐 활동하다가 결국 자기의 집인 껍데기로 들어가는 이치와 비슷하다.

광장으로 나오니 깃발이 나부꼈다. 오랑캐가 쳐들어 왔나? 그리고 응원가가 들리고 구호가 들렸다. 영락없이 전쟁하러 나가는 모습이었다. 그러나 광장에 있는 사람들은 무기가 없었다. 총도 없고, 칼도 없었다. 한 손에 태극기를 들고, 한 손에는 종이 포스터를 들고 있었다.

고등학교 때 국사 선생님에게 들은 이야기가 생각난다.

옛날에는 사관이 임금님의 모든 행동을 기록하였다. 조선 시대에, 때에 따라서는 임금이 볼일 보는 것도 사관이 보고 기록하였다. 그래서 사관이 어떻게 기록할까 고민하다가 옥근삼타(玉根三打)라고 기록하였다고 한다. 그만큼 역사를 기록한다는 것은 신중하였고, 중요하였다. 그는 갑자기 정신이 번쩍 들었다. 눈으로 본 것을 정확하게 기록해야 하는구나.

현대인들이 동굴에서 살고 있다가, 갑자기 왜 광장으로 몰려 왔을까?

현대인들이 동굴생활에서 만족하고 있다가, 뭔가 자극을 받아 광장으로 나왔겠지.

그는 그 자극이 무엇일까 궁금했다.

그러면서 그는 자기도 광장에 잘 나왔다고 생각했다. 사람들이 왜 프로야구장에 가는가? 이제야 그 이유가 어렴풋하게 떠올랐다.

현장감!

현장에서 느끼는 생생함.

우리가 머리로 지식을 아는 것과 가슴으로 느끼는 것의 차이.

광장의 분위기에 점차 빠져들었다.

동굴에서 광장으로 몽땅 몰려나온 심정이 전달된다.

아! 그렇구나.

백성들이 동굴에서 안이하게 살 수가 없도록 중대한 사건이 발생했구나.

그래서 너도나도 광장으로 몰려나왔구나.

그중엔 학생들도 보였다.

학생들을 보는 순간 그의 마음은 자책감이 들었다.

'학생들은 나오면 안 되는데.'

'왜?'

'학생들은 투표권이 없어서.'

'투표한 사람들이 책임감을 느끼고, 자신을 반성하며 광장에 나와 대성통곡해야 하는데.'

그는 1905년 장지연이 쓴 시일야방성대곡(是日也放聲大哭)이 떠올랐다.

이제 숫자 세는 것을 포기했다. 숫자를 다 세다가는 집에 돌아갈 수 없을 것 같아서.

광장에서 빠져나오기도 힘들었다. 너무 사람이 많아서.

집에 오면서 그는 얼마 전에 보았던, 학생들의 등교 모습이 떠올랐다.

그리고 조용히 마음속으로 학생에게 이야기했다.

'학생들아 미안하다.

우리의 잘못이다. 우리가 책임을 지고 우리가 해결하겠다.

학생들아

네가 할 일을 쉬지 말고 해라'

2

말
말말

° 2016년 11월 16일 기록

말(馬)로써

말(言) 많으니

말(馬, 言) 말까 하노라

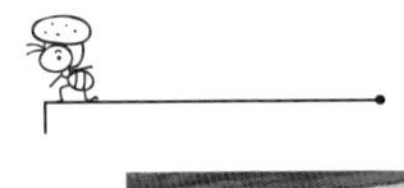

3

시크릿 가든의 진짜 명대사

° 2016년 11월 18일 기록

한강을 건너가면서

그는 갑자기 김상헌의 시조가 생각났다.

임진왜란의 모진 상처가 다 아물기도 전에 다시금 병자호란을 겪은 조선 왕조는 끝내 역부족으로 청나라에 항복하게 되었고, 왕자와 척화신(斥和臣)은 인질로 잡혀가는 비극을 당하게 되었다. 척화신의 한 사람인 김상헌이 청나라로 잡혀가면서 부른 시조가 생각났다.

* * *

가노라 삼각산아, 다시 보자 한강수야.

고국산천을 떠나고자 하랴마는

시절이 하 수상하니 올동말동하여라.

* * *

그는 김상헌의 마음을 추측하였다.

나라를 걱정하는 김상헌은 청나라에 끌려가면서도 삼각산을 생각하고, 한강수를 생각하였다.

동시에 겹쳐 떠오르는 드라마가 시크릿 가든이었다.

요즘 시크릿 가든이 리바이벌되고 있다.

그는 시크릿 가든 촬영지가 아련하게 떠올랐다. 시크릿 가든 촬영지인 제주도를 방문했던 추억들이.

동시에 제주도 바닷가가 눈앞에 펼쳐졌다.

그러면서 시크릿 가든의 명대사들이 떠오른다.

* * *

다시는 못 보는 줄 알았잖아. 이 여자야.

이 구역의 미친년은, 나야.

내가 이 밤중에 여기 왜 이러고 있겠냐? 이 여자야.

이 옷은 그쪽이 생각하는 그런 옷이 아니야 이태리 장인이 한 땀 한 땀…….

똑바로 하면 후회 할 텐데.

등등

* * *

그 많은 명대사 중에서 '진짜 명대사'가 머릿속을 스쳐갔다.

"배우 하지원을 떠나서, 대한민국을 사랑하는 국민의 한 사람으로서 국가에 좋은 일이 있으면 기뻐하고 슬픈 일이 있으면 함께 슬퍼한다."

요즘 시절이 하 수상하다.

그는 대한민국을 사랑하는 국민의 한 사람으로서 살고 싶다는 생각이 불현듯 떠올랐다.

4

갈아 끼우면 되는데

° 2016년 11월 25일 기록

갑자기 싱크대 형광등이 나갔다.

커버를 분리하고, 안에 있는 형광등을 빼 다시 끼워 보았다.

그리고 그는 스위치를 켰다.

불이 들어온다. 다행이다. 그래도 집안의 전기는 고칠 수 있구나.

전기는 두려운 존재다. 그가 옛날에 전기에 감전되어 놀란 적이 있다. 온몸이 찌르르했다.

여름철의 가장 큰 전기인 벼락에 맞아 죽은 사람도 있다.

며칠이 지났다.

스위치를 올렸는데 형광등이 다시 어두컴컴하다.

그는 마누라한테 혼났다. 도대체 고등학교 때 기술시간에 잠잤느냐고 따지려고 한다.

그래서 형광등 껍데기 부분을 툭툭 쳤다. 옛날에 보니까 뭔가 잘 안 되면 기계를 툭툭 치면 된 경험이 떠올랐다.

바로 고쳐졌다.

그리고 며칠이 지나갔다.

그러던 어느 날, 그의 마누라는 짜증을 낸다.

또 고장 났다는 것이다.

그의 한계가 세상에 알려졌다.

그는 자기의 한계를 인정하고, 아파트 관리사무실에 구원을 요청하였다.

그러자 아파트 전기 기사가 왔다. 아파트 전기 기사는 껍데기를 뜯더니만 형광등을 빼 보고 다시 끼어보고 나서 하는 말,

'일단 형광등을 사서 갈아 끼워 보세요.' 하고 가버렸다.

전문가의 말을 듣고, 형광등 판매점에 가서 형광등을 샀다.

집에 와서 새 형광등을 끼워 보니, 환하게 주방을 밝혔다.

그렇다.

'갈아 끼우면 되는데.'

알지도 못하면서 괜히 고친다고 이러쿵저러쿵하다가 망신만 당하였다고 생각했다.

인간사도 그렇게 형광등처럼 간단하게 갈아 끼우면 좋겠다.

그런데 인간은 간단한 동물이 아니다.

인간은 생각하는 동물이다.

'이것이 맞다'고 주장하기도 하고,

아니다. '저것이 맞다'고 주장하기도 한다.

말로만 주장하는 것이 아니다.

말로 판가름이 나지 않으면 법에 호소한다.

그래서 법원에 들락날락한다.

그리고 법원에서만 끝나는 것이 아니다.

인간은 거미줄처럼 서로 얽혀 있다.

벌집을 보았는가?

벌집은 단독주택이 거의 없다. 벌집은 아파트로 건설된다.

사람도 그렇다.

사람들도 서로 모여 산다. 어울려 산다.

그래서 한 개인의 사건으로 해결되는 것이 아니라, 단체의 문제로 옥신각신한다.

형광등이 고장 났을 때,

'형광등을 갈아 끼우면 되는데,

그렇게 갈아 끼우기가 힘이 듭니까?'라고 쉽게 말하기가 어렵다.

#5

성의 안과 밖

° 2016년 11월 26일 기록

그는 요즘 심한 멀미에 시달린다.

한반도호가 너무 흔들리기 때문이다.

옛날에는 배의 북쪽 부근이 출렁거렸는데, 이번에는 배의 남쪽 부근이 심하게 흔들려 도대체 중심을 잡고 배 위를 걸어가기도 어렵다.

아주 옛날 중동지방에서 이스라엘 백성과 가나안 원주민이 서로 싸운 이야기가 나온다. 이스라엘 백성이 가나안 원주민이 거주하는 여리고 성을 점령하려고 하는데, 이스라엘 백성은 무기가 없었다. 그리고 가나안 원주민의 여리고 성은 난공불락의 성이었다.

그런데 이스라엘 백성은 여리고 성을 계속 돈다. 그리고 마지막에 함성을 지른다.

최근에 그와 비슷한 일이 대한민국에서 벌어지고 있다.

백성들은 경복궁을 점령하려고 한다. 그런데 경복궁은 난공불락의 궁전이다. 백성들이 접근하기조차 힘든 궁궐이다.

백성들은 맨손이다.

그런데 대한민국 백성은 경복궁을 계속 돈다. 그리고 마지막에 함성을 지른다.

그런데 궁궐의 왕을 지키는 호위무사는 이렇게 말한다.

성경에 나오는 '예수 팔아먹는 유다가 돼 달라'는 거냐 하며

궁궐 밖의 백성들을 향하여 외친다.

호위무사는 예수를 지키는 사람으로 강경하게 나선다.

그가 경복궁 근처에 현장답사를 갔는데도, 안갯속을 거니는 것처럼 아리송하다.

성의 안쪽에 있는 사람과

성의 바깥쪽에 있는 사람의 생각이 다르다.

생각이 다르니 행동도 다르다.

현재 진행되고 있는 사건은 판단하기가 쉽지 않다.

모든 사람이 각자 입장을 변호하기 때문이다.

그러나 시간이 흐르고 안개가 걷히면 진실이 밝혀진다.
소위 말해서 역사가 판단한다.
역사는 객관적으로 판단할 수 있기 때문이다.

그렇지만 현재 상황에서도 진실을 밝힐 수가 있다.
배우 하지원의 시크릿 가든 진짜 명대사가 떠오른다.

"저는 배우 하지원을 떠나 대한민국을 사랑하는 국민이다. 국가에 좋은 일이 있으면 저도 좋고, 슬픈 일이 있으면 저도 슬프다"

<시크릿 가든에 나오는 노래> 성시경 - 너는 나의 봄이다

>> https://www.youtube.com/watch?v=s9AmjWg7pKw&feature=youtu.be

6

하늘의 퍼포먼스

° 2016년 11월 26일 기록

그는 오늘도 숫자를 세러 집에서 출발했다.
아직도 기관마다 숫자가 다르다.

그런데 날씨가 음산하더니만 기어코 눈까지 뿌렸다.
행사가 있는 날, 첫눈이 온다.
길조(吉兆)일까?
흉조(凶兆)일까?
길조라고 생각하면 길조고,
흉조라고 생각하면 흉조겠지 라고 그는 생각했다.

밴드와 카톡을 보니,

그의 지인은 아내가 김장하는데 뿌리치고 나왔다고 한다.

밥 먹을 때마다 마누라가 바가지 긁으면 어쩌려고.

'당신 김장할 때 뭘 도와줬어?'

'김치 먹을 자격 있어?'

그래서 그런지

어떤 집안에서는 부부가 함께 나왔다.

어떤 집에서는 아예 초등학생까지 대동하여 나왔다.

초등학생을 데리고 나온 학부모는

초등학생에게 무엇을 보여주려고 하였을까?

일찌감치 '정치란 무엇인가'를 보여주려고 하였을까?

어떻게 보면 이런 행사에 참여하는 것도 하나의 체험학습이다.

제2의 학교라고 볼 수도 있다.

그리고 2016년 역사의 현장에 참여하는 것이나 마찬가지다.

고등학생들은 무얼 하러 광장에 나왔을까?

도서관에서, 학원에서 공부하기에도 바쁜 몸인데.

그들도 미리 사회 적응 훈련하러 나왔는지 모르겠다.

모두, 누구를 위하여 눈비 맞아가며 여기에 왔을까?

갑자기 〈누구를 위하여 종을 울리나?〉가 생각난다.

'누구를 위하여 종을 울리나?'라고 묻자, 이렇게 답한다.

"어떤 이의 죽음도 나 자신의 소모려니 그건 나도 또한 인류의 일부이기에, 그러니 묻지 말지어다. 누구를 위하여 종은 울리느냐고, 종은 바로 그대를 위하여 울리는 것이다."

'고래 싸움에 새우 등 터지다'라는 말이 있다.

교통사고 가해자와 피해자가 차를 도로에 방치하고 서로 싸우는 것과 비슷하다.

그래서 백성들의 새우 등이 터지는 꼴이다.

아침에 내리던 눈은 그치고 행사는 순조롭게 진행되었다.

행사장에 가면서 내리는 눈을 보고

길조(吉兆)일까?

흉조(凶兆)일까?

생각했었는데,

행사가 시작되자, 눈이 그치는 것을 보고

그는 '하늘의 퍼포먼스'라고 생각하였다.

'세월호'는 바다에 빠졌어도

'한반도호'는 오천 년이나 버텨 왔고,

앞으로도 끈덕지게 파도를 헤쳐나갈 것 같은 예감이 들었다.

전철 속에서 내내 이순신 장군이 하던 말이 떠오른다.

'어떻게 지킨 나라인데'

집에 오면서 내내 숫자 때문에 머리가 어지러웠다.

그는 자문자답했다.

'초등학생도 숫자를 셀 수 있는데,

숫자 세기가 그렇게 힘이 듭니까?'

7

어민들은 태풍을 두려워하지 않는다

° 2016년 12월 2일 기록

그가 길을 가다가 윙윙, 하는 소리를 듣는다.

기계톱이 나뭇가지를 자른다. 인간이 나무를 죽일 것처럼.

인간이 나무의 손과 발을 인정사정없이 자른다.

그래도 나무는 참고 견딘다.

왜냐?

나무는 내년에 튼튼하고 커다랗게 자랄 새 모습을 기대하기 때문에.

그는 오래전의 기억이 떠올랐다.

애그니스 태풍!

바다를 막고 있던 방파제의 뒤통수를 강물이 세게 내리쳐, 방파제는 파괴되고 말았다.

바닷물과 강물이 오랜만에 서로 혼연일체가 되었다.

인간이 키우고 재배했던 모든 것들이 하염없이 떠내려갔다.

돼지도 정처 없이 둥둥 떠내려갔다.

나락(벼)은 물에 잠겨 보이지도 않았다.

그도 산으로 도피했다.

인조가 청나라의 침입에 남한산성으로 도피한 것처럼.

태풍이 지나갔다.

태풍이 지나고 그가 전봇대를 높이 쳐다보니, 전선에 지푸라기가 걸쳐있었다.

그는 갑자기 소름이 돋았다.

저 높은 전선 위에까지 물이 흘러갔구나.

그는 애그니스 태풍 이후에도 태풍을 경험했다.

태풍에 대비하여 어촌 마을 안쪽에 피난 온 배가 거꾸로 뒤집혔다.

배가 물구나무서기를 하였다.

그리고 바람이 워낙 세게 분 것을 직접 목격했다.

유리창이 덜커덕거렸다.

그는 강풍에 대항하여 창틀을 단단히 붙잡았다.

바람이 더욱 강하다.

결국, 창틀에 못을 박는 사태까지 이르렀다.

태풍이 지나간 다음에 바닷가에 나가 보았다.

돈과 시간과 노동을 투자한 김 양식장과 굴 양식장은 초토화되어

흔적도 없이 사라졌다.

그는 어민들의 심정을 생각하고 마음이 아팠다.

그가 어민에게 위로한다고 '참 안 되었네요'라고 말하자

어민은 담담하게 말한다.

'바다에 살다 보면 항상 겪는 일입니다.

하지만 이번 태풍으로 바다가 깨끗이 청소되어 내년에는 김 양식이 잘 되겠죠'

그는 속으로 생각했다.

'어민들은 태풍을 두려워하지 않는구나.'

그는 갑자기 한반도가 떠오른다.

한반도에 태풍이 몰아친다.

태풍 때문에 국가적으로 얼마나 큰 손해가 발생하고 있는가?

공부를 열심히 해야 할 학생들이 거리로 쏟아져 나온다.

일을 열심히 해야 할 노동자가 거리로 쏟아져 나온다.

외국에서 대한민국을 나쁘게 보지나 않을까?

대한민국의 국가 이미지가 몽땅 추락하지나 않을까?

나무가 가지치기를 부정적으로만 보지 않고 긍정적으로 보고 있다.

어민들이 태풍을 부정적으로만 보지 않고 긍정적으로 보고 있다.

이 나라 백성들은 초겨울에 한반도에 불어 닥친 태풍을 어떻게 보고 있을까?

동영상 - 폭풍

>> http://blog.naver.com/flower5353/221005664893

8

토요일이 기다려진다

° 2016년 12월 4일 기록

토요일이 기다려진다.

이제 불금(金)이 아니라 불토(土)라고 해야 한다.

10월에 단풍놀이 가던 사람들이

붉은 단풍이 다 떨어지자,

이제 촛불놀이에 모여든다.

새로운 모임이 생겼다.

예전에는

매화회(매주 화요일 모임)다

이복회(매월 두 번째 목요일 모임)다

사금회(매월 네 번째 금요일 모임)다

그런데 매토회가 생겼다.

매토회에는 참석 인원은 적고 역사는 짧지만 다양한 프로그램이 있다.

일단 동대입구역에서 만난다.

그리고 남산 등산.

그리고 남대문 시장에서 저녁 식사

그리고 촛불집회 참석.

이후에는 각자 행동.

그는 어제 동대입구역에 갔다.

친구들을 만나 남산에 올라갔다.

남산에 올라가다 보니, 남산에도 둘레길이 있다.

남산 하면 남산 타워를 연상하는데, 둘레길도 좋다.

아스팔트 도로를 밟지 않고 소나무와 함께 걸으니 마냥 좋다.

그는 둘레길을 걸어가며 친구와 소통한다.

친구의 이야기를 듣는다.

"9년 전에 딸이 유기견(遺棄犬)을 데리고 왔다. 자꾸 버리려고 해도 졸졸 따라와서 할 수 없이 데려왔다고 딸이 자초지종을 말한다. 그리고 길렀다. 그리고 두 달 전에 죽었다. 사람이 죽은 것처럼 장례를 치르고, 이어서 엊그제 사십구재를 맞이하여 제문을 썼다.”

‘우리 ○○ 너무 영리해

아빠가 아침에 화장실 가면

따라 들어와 함께 소변도 보고

아빠가 하모니카를 불면

따라 부르기도 했고

신문 가져오라면

곧잘 가져오기도 했지.

그리고 밥 먹을 때마다 ○○가 생각나 일부러 집회에 참석하러 왔다’

그는 친구의 이야기를 듣고 가만히 생각했다.

그가 봉사하러 다니던 복지관이 떠올랐다.

‘나는 발날상애인과 소통을 못 하고 있는데, 친구는 개와 소통을 하고 있구나.’

그가 남산의 성벽을 보고 있으니, 조선을 지키던 병사들의 모습이 떠오른다.

‘어떻게 지킨 나라인데.’

남산에서 내려와 남대문 시장에 들렀다.

남대문 시장은 토요일을 맞이하여 바글바글하다.

외국인들의 모습이 보인다. 물건 사러 왔는가 보다.

외국인들은 촛불집회를 어떻게 볼까?

촛불집회는 여전하다.
집회에 참여하는 사람이 광화문 쪽으로 가는가 하면,
집회 참여를 끝내고 서울시청 역으로 하산하는 팀이 있다.
마치 추석 명절에
고향에 내려가는 차!
서울에 올라가는 차!

이제 제3의 학교가 개학식을 한다.
새로운 학교가 문을 열었다.
종합학교와 같다.

음악을 배운다.
한영애가 부르는 〈홀로아리랑〉이 들려온다.
"아리랑 아리랑 홀로 아리랑
아리랑 고개를 넘어가 보자
가다가 힘들면 쉬어 가더라도
손잡고 가보자 같이 가보자"
제목은 〈홀로아리랑〉인데
소리는 '100만 명(?) 아리랑'이다.

소름 돋는 함성이다.

폭력은 폭력을 야기하지만

노래는 평화를 불러온다.

정치를 배운다.

교과서에서 배우는 정치가 아니라

현장에서 배우는 정치.

정직이 물구나무서는 정치.

거짓말이 판치는 정치.

주판알을 튕기는 정치.

초등학생도 쉽게 정치를 배운다.

중학생도 연설 무대에 올라 발언을 한다.

역사를 배운다.

역사를 배우는 정도가 아니다.

더 나아가 역사를 손수 만들어 간다.

몇십 년이 지나가면 현대사에 기록된다.

2016년 12월 3일 서울에서 무슨 일이 있었는가?

현대사에 100만 명 이름이 낱낱이 기록되지는 않을 것이다.

하지만 현대사에 2106년 12월 3일에 100만 명이 모여 촛불시위를 했다고 기록될 것이다.

광화문 앞에서 과거의 역사를 떠올린다.

만인소(萬人疏)!

조선 시대 1만 명 내외의 유생(儒生)들이 연명해 올린 집단적인 소(疏).

조선 왕조는 전제군주국가이지만 조정의 시책이 잘못되었을 경우 유생들이 개별적으로 또는 집단으로 자신들의 의견과 주장을 내세울 수 있었다.

전제군주국가에서도 백성이 자기의 주장을 내세웠는데, 민주주의 국가에서야 말할 필요가 없다. 그리고 총도 들지 않았다. 그저 종이 피켓만 들었다.

그리고 촛불만 들었다. 바람이 불면 꺼질지도 모르는 촛불.

그리고 흩어진다.

쓰레기를 줍고서.

토요일이 기다려진다.

매토회가 기다려진다.

동영상 - <홀로아리랑> 직촬

>> http://blog.naver.com/flower5353/221005673539

9

쿼바디스
(2016년 판)

° 2016년 12월 8일 기록

그는 눈을 뜨자마자 교회에 달려갔다. 일 년 가까이 새벽기도회에 갔다. 그는 달려가면서 왜 새벽기도회에 가는가? 자문자답했다.

'복 받으려고'

'그냥 아침잠이 없어서'

'예수님도 새벽에 기도했다고 하니까 따라 하려고'

오늘은 시편 37편에 대한 설교가 있었다.

설교의 중심 내용은

"악인들이 득세. 악인들은 반드시 망한다.

악을 불평하지 말라. 여호와를 의뢰하라"

조금 지나서, 아주 오래전에 교회에서 만났던 지인에게 전화가 왔다. 점심을 먹자고.

광화문에서.

요즘 광화문에서 행사가 많이 열리는데.

'오랜만에 만나니까 밥만 먹고 오지' 하고 나섰다.

그가 밥 먹으면서 이야기를 들어보니, 지인이 목사가 되었다고 한다. 그리고 퇴임을 하였다고 한다.

오늘 광화문에서 '기독교교회협의회'가 주최하는 시국기도회가 열리는데, 시간 나면 같이 가자고 한다. 그래서 같이 시국기도회에 참가하게 되었다.

그는 과거의 모습들이 떠올랐다. 옛날에 나라가 어지러울 때, 천주교와 기독교에서 시국기도회를 앞장서서 하였다.

'천주교정의구현전국사제단'이 생각난다.

'1974년 7월 23일 지학순(池學淳) 주교가 '유신헌법 무효'라는 양심선언을 발표하고 체포되어 징역 15년형을 선고받은 뒤, 젊은 가톨릭 사제들이 중심이 되어 같은 해 9월 26일 강원도 원주에서 결성되었다. 결성 목적은 제2차 바티칸공의회의 정신에 따라 사제의 양심에 입각하여 교회 안에서는 복음화 운동을, 사회에서는 민주화와 인간화를 위해 활동하는 것이다.'

그런데 '천주교정의구현전국사제단'에 대하여 종북이라고 비난하는 사람들이 있다.

'기독교교회협의회'에 대하여도 종북 프레임을 덧씌워 색깔론으로 몰아붙인다. 지인이 말하기를 요즘에는 기독교도 변하였다고 한다. 기독교가 세속화되어 진정한 기독교의 모습이 보이지 않는다고 한다. 대형교회만 번창하고, 개척교회는 재정자립도가 지극히 낮다고 한다.

그도 들었다. '목사님, 예수 믿으세요'라는 말을.

그래서 그런지 기독교계가 조용하더니만 이제야 시국기도회를 개최하는가 보다.

모여서 예배를 드리고 순례를 하였다.

첫 번째 순례지역은 '평화의 소녀상'이다.

또 한 명의 '일본군 위안부' 피해자 할머니가 하늘로 갔다. 남해에 살던 박숙이(93·왼쪽) 할머니가 지난 12월 6일 오후 8시 30분께 별세했다고 한다.

두 번째 순례지역은 '고 백남기 씨가 물대포에 맞아 쓰러진 곳'이다.

지난해 민중총궐기대회에서 경찰 물대포에 맞고 의식을 잃었다가 끝내 숨을 거둔 농민 고 백남기(69) 씨의 장례가 11월 5일 엄수됐다.

세 번째 순례지역은 '세월호 광장'이다.

'세월호 7시간'은 아직도 '시크릿 가든' 속에 숨어 있다.

세월호 광장 맞은편에는

'대통령님 힘내세요'

'청렴한 국민 대통령'

피켓을 들고 구호를 외치는 사람들이 있었다. 순례를 마치고 성만

찬예전을 진행하고 파송예전으로 마무리 지었다.

그는 집에 오다가 저녁에 봉사자간담회에 참석하였다.

그가 올해 ○○교회에서 설립한 ○○복지재단에서 봉사활동을 하였는데, ○○복지재단 나눔 감사의 밤에 참석하였다.

○○교회는 교회당을 설립하지 않고, 학교 건물을 빌려 주일날 예배를 드려왔다. 그래서 교회 재정의 일부 금액을 복지재단 설립에 사용하여 꾸준히 복지사업을 하였다.

집에 오면서 어렸을 때 보았던 영화 〈쿼바디스〉가 떠올랐다. 어렸을 때 보았던 쿼바디스의 명대사가 생각난다. 네로는 로마가 불타는 장면을 보면서 눈물이 난다고 신하에게 '눈물단지'를 가져오라고 하면서 눈물을 '눈물단지'에 쏟는다.

* * *

〈쿼바디스〉 줄거리

로마의 신망 받던 장군(네로의 신임에 네로 부인의 사랑까지 받았던)이 기독교를 믿던 아름다운 여인을 만나게 되어 그 여인과 사랑에 빠지게 되고, 기독교를 믿지 않던 그도 기독교도가 되었다. 하지만 기독교를 탄압하던 네로에 찍혀 장군에서 죄수로 몰락하여 사자의 밥이 될 위기에 빠지지만, 극적으로 살아남는다. (이때 사자를 때려눕힌 괴

력의 사나이가 등장) 로마 시내를 불로 태우며 수많은 사람을 죽인 폭군 네로는 결국 군사들의 반란으로 몰락, 자살의 길을 걷는다. 종교를 통해 고난을 극복한 주인공의 사랑은 결실을 이루게 되었다.

* * *

'쿼바디스'의 뜻은 "(주님이시여) 어디로 가나이까?"라고 한다.

주님은 어디로 가시는가?
'새벽기도를 드리러 교회로'
'시국기도회를 하러 광화문광장으로'
'봉사활동을 하러 장애인 복지관으로'
'돈을 벌기 위하여 회사로'
'스키 타러 스키장으로'
'해외여행 떠나려 인천공항으로'

10

마지막 휘슬이 울리기 전까지(광화문 편)

° 2016년 12월 11일 기록

끝날 때까지 끝난 게 아니다.

매토회도 끝난 게 아니다.

12월 10일 그의 동창회 매토회는 진행되었다.

코스는 전과 동(同)이다.

남산 등산.

남대문 시장의 식당.

촛불집회 참석.

평가회.

오늘도 역시 코스다

요즘에는 코스가 대세다

아줌마는 코스요리를 좋아한다.

그가 시험 기간에 외식하러 나가면

식당은 아줌마가 독차지한다.

왜냐하면, 코스요리에서는

음식을 먹다가

말을 씹다가

음식을 먹다가

말을 씹다가.

말을 씹다 보면

아줌마의 스트레스가 해소된다.

아줌마가 건강해야 가화만사성(家和萬事成)

운전도 코스를 통과해야 합격한다.

남산에 오르다 보니 그와 그의 친구는 이런 이야기 저런 이야기로

어느새 남산 꼭대기 팔각정에 오른다.

팔각정에 사람이 몰려있다. 무슨 구경거리가 있을까?

그는 구경을 좋아한다.

그는 사람과 이야기하는 것을 좋아한다.

사건과 사건 속에서 글이 잉태되기 때문이다.

요즘 신문과 방송은 신났다.

무궁무진한 기삿거리가 전개되기 때문이다.

까도, 까도 양파다.

이야깃거리가 무한대로 쌓여 있다.

칼과 창을 들고 시범을 보여준다.

전통무예 시범경기를 보여준다. 칼로 대나무를 싹둑 벤다.

살벌하다.

그는 갑자기 조선 시대 말기가 생각났다.

민비 시해 사건.

1895년 8월 20일(양력 10월 8일) 새벽 일본의 공권력 집단이 서울에서 자행한 조선 왕후(명성황후) 살해 사건.

사건 당시 서울 현지에서 이를 지휘한 일본 측 최고위 인물은 부임한지 37일밖에 안 되는 일본공사 미우라[三浦梧樓]였으며, 주요 무력은 서울 주둔의 일본군 수비대였고, 행동대는 일본 공사관원, 영사경찰, 신문기자, 낭인배 등이었다.

참으로 슬픈 사건이다.

그 후로 조선은 망하였다.

그는 칼을 보니 배드민턴 라켓이 생각났다.

옛날에 무사들이 칼을 차고 전국을 유람하며 고수들과 대결을 벌였다.

그도 꿈이 있다.

라켓을 들고 배드민턴 투어를 다니며 전국의 고수들과 결투를 벌이는.

그는 친구에게 아는 지인이 배드민턴 라켓을 회원 맞춤형으로 제작한다고 하였다.

그러면서 그 지인(배드민턴 라켓 제작자)을 자랑하였다.

그러자 친구는 자기도 아는 지인이 탁구 라켓을 직접 만드는데, 수제 탁구 라켓을 회원 맞춤형으로 만든다고 하였다.

이런저런 이야기를 나누다 보니 어느덧 남대문 시장에 도착하였다.

남대문 시장에서는 중국어가 난무하였다. 서울에 중국 사람들이 많이 오는 모양이다.

남대문 시장 갈치 골목에서 갈치조림을 먹고 최종집결지인 광화문으로 향하였다.

이제 촛불시위는 촛불잔치로 변하였다.

이은미의 〈깨어나〉, 카리스마 넘치는 무대가 펼쳐지고 있었다.

* * *

나의 앞을 항상

가로 막고 서있는

그 무엇이

있다면은

이젠 그 벽을

나는 자유롭게 가볍게

뛰어넘어가고

말 테야

* * *

〈대한민국이여 새롭게 깨어나라〉

아!

한반도가 새롭게 깨어나는구나.

끝날 때까지 끝난 게 아니다.

대전에서 올라온 친구에게 붙잡혀

그는 평가회까지 합류했다.

집에 오면서

그는 꿈꾼다.

'마지막 휘슬이 울리기 전까지'

매토회 참석을.

조수미(sumi Jo) - <나 가거든>

>> https://www.youtube.com/watch?v=_YxLPyxK0YU

7차 촛불집회 이은미 <깨어나> 카리스마 넘치는 무대 (2016.12.10.)

>> https://www.youtube.com/watch?v=HjOZygfbiCQ

동영상 - 전통무예(직찰)
(아이들은 따라 하지 마세요)
(어른들도 따라 하지 마세요)

>> http://blog.naver.com/flower5353/221005688183

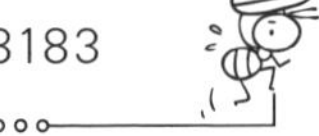

11

양파 공화국

° 2016년 12월 14일 기록

그는 해외여행을 갔다.

해외여행 가서 마사지를 받았다.

소위 발바닥 마사지.

그런데 이건 셀프다.

물을 영어로 뭐라고 하는가?

Water(워터)

아니다. Self(셀프)

커피를 영어로 뭐라고 하는가?

Coffee(커피)

아니다. Self(셀프)

식당에 가보면 답을 알 수 있다.

'발바닥 마사지'라고 하여 누가 와서 해주는 것이 아니고

자기가 스스로 마사지를 하는 거다.

그 나라에 도착하여 여장을 풀고 TV를 시청하였다.

마침 청문회를 중계하였다.

증인들이 증언하는 모습을 보았다.

까도까도

양파양파

입맞추기

모르겠다

기억없다

위장전입

완전조작

다운계약

오리무중

논문표절

탈세의혹

병역기피

특혜의혹

나모르쇠

특혜채용

TV 시청이 끝나고

그 나라 사람과 이야기를 나누었다.

그 나라 사람들이 이야기한다.

'우리나라 고위층은 양파입니다'

'양파처럼 까도, 까도 끝이 없습니다.'

그 나라 사람들이 이야기한다.

'그래서 최근에 등장한 새로운 직업이 있습니다.'

그래서 그는 물어보았다.

'새로 등장한 직업이 무엇입니까?'

그 나라 사람이 대답한다.

'디지털 장의사'

그게 뭐냐고 물어보니

'본인이 과거에 인터넷에 남긴 기록을 죽여주는 것입니다.'

그는 그 말을 듣고 머리가 하얗게 되었다.

멘붕이다.

그는 불현듯 종이 파쇄기가 생각났다.

기록된 문서를 파괴하는 것처럼

인터넷에 올라온 디지털 기록을 죽이는구나!

그 나라 사람들이

또 이야기한다.

'우리나라 서민층도 양파입니다'라고

양파 재배단지 실화. 이름하여 '양파의 일생'

* * *

양파를 대단지로 재배하고 있는데, 양파를 다마네기(일본어)라고도 한다. 양파가 대풍이 들어 농부는 기뻐하였다. 기쁨도 잠깐. 가격이 폭락하여 창고에 보관하였더니 어느새 썩어갔다. 그래서 '썩어네기'가 되었다. 시간이 흘러서 양파는 가격이 떨어지고 썩어가고 하여 농부는 망하게 되었다. 그래서 '망아네기'가 되었다.

'다마네기'에서

'썩어네기'로

'망아네기'로.

돌아오면서 그 나라 비행기를 보니

비행기에 양파 꽃이 예쁘게 그려졌다.

내가 갔던 나라가 양파공화국이었구나.

12

애들은 가라(광화문 편)

° 2016년 12월 18일 기록

"애들은 가라"

그는 어렸을 때 생각이 떠올랐다.

모처럼 엄마 따라 시골 장에 가면 사람들이 우르르 몰려있는 모습이 보였다.

원래 시골 장에는 물건을 사러 온 사람도 있지만, 장에 구경하러 나온 사람도 많다.

요즘도 그렇다. 백화점에 물건 사러 온 사람도 있지만, 아이 쇼핑(눈요기)하러 온 사람도 있다.

무슨 구경거리가 있을까?

사람들을 밀치고 어린 나이에 까치발을 하고 보니 약장사다.

갑자기 약장사가 자기 허리춤에서 혁대를 쭉 빼더니만 약장사를 시작한다.

* * *

자아, 날이면 날마다 오는 게 아냐.

일 년에 단 한 번

자아, 이게 뭣이냐?

뱀이야!

뱀!

이 뱀으로 말씀을 드릴 것 같으면

청산의 맑고 푸른 정기를 가지고 태어나 세상에 단 하나밖에 없는 희귀한 뱀이여!

"얘들은 가라!"

"얘들은 가!"

* * *

약장사는 가죽 혁대를 뱀으로 위장시켜서 떠들어댄다.

약장사들은 뱀을 이용하여 약을 팔았다.

만병통치약(?)을 팔았다.

그리고 한사코

"얘들은 가라"

"애들은 가"

그러면 구경꾼들은 구경만 하고 그냥 가기도 하고

순진한 마음에 만병통치약(?)을 사기도 하였다.

그는 어렸을 때

"애들은 가라"는 말의 의미를 제대로 몰랐다.

이제 나이 들어서 생각해보니

"애들은 가라"는 말의 진정한 의미가 감이 잡혔다.

아! 그렇구나!

"애들은 가라"는 "돈 없는 꼬마는 가라"는 뜻이구나.

약장사는 돈을 벌어야 하니까.

"애들은 가라"는 "투표권이 없는 꼬마는 가라"는 뜻이구나.

투표권이 없는 꼬마는 정치에 참여할 수가 없으니까?

그런데 그는 어제 바쁜 연말 행사 때문에 광화문에 나가지 못했다.

연말 행사에 참여하면서도 광화문 행사에 참여했던 기억들이 떠오른다.

유모차를 끌고 나오는 젊은 부모들!

큰 경사가 난 것처럼 큰애는 걷게 하고 작은애는 목말을 태워 구경을 나온 사람들.

교복을 입은 채 광장에 나온 학생들!

"애들은 가라"

"애들은 가"

어렸을 때 들었던 약장사의 상투어가 생각난다.

그렇다!

애들이 올 장소가 아니다.

애들은 투표권도 없다.

애들은 정치에 참여할 권리와 의무가 없다.

애들이 올 장소가 아니다.

그런데 애들이 온다.

심지어는 무대에 올라가 발언하기도 한다.

애들의 발언을 막아야 하나?

애들의 발언을 허용해야 하나?

그것이 문제로다.

그는 연말 행사에 참여하면서도,

광화문 행사에 참여했던 애(초·중·고등학생)들의 모습이 계속 눈앞에 어른거렸다.

13

모든 접촉은 흔적을 남긴다(동지죽 편)

° 2016년 12월 23일 기록

그제는 동짓날이다.

동짓날 하면 떠오르는 것들이 많다.

동지는 일 년 중에서 밤이 가장 길고 낮이 가장 짧은 날이다.

다시 말해서 해가 비참하게 죽는 날이다.

그런데 거꾸로 해가 새로 태어나는 날이라고도 볼 수 있다.

그래서 태양의 부활로도 볼 수 있다.

중국 주나라에서는 이날 생명력과 광명이 부활한다고 생각하여 동지를 설로 삼았다고 한다.

크리스마스의 날짜에 대해서는 여러 가지 설이 있다. 그중에서도 가장 유력한 12월 25일 설은 고대 로마에서 지키던 동짓날을 채택한

데서 비롯됐다고 한다.

동지에는 동지 팥죽을 먹는다. 팥을 고아 죽을 만들고 여기에 찹쌀로 단자를 만들어 넣어 끓이는데, 단자는 새알만 한 크기로 만들기 때문에 '새알심'이라 부른다. 동지 팥죽으로 집 안에 있는 악귀를 모조리 쫓아낸다고 믿었다. 이것은 팥의 붉은색이 양색(陽色)이므로 음귀를 쫓는 데 효과가 있다고 믿었기 때문이다. 이처럼 붉은 팥은 옛날부터 벽사(辟邪)의 힘이 있는 것으로 믿어 모든 잡귀를 쫓는 데 사용되었다.

그는 동짓날 하면 가장 생생하게 떠오르는 것이 '새알심'이다.

어렸을 때, 시골에서 동네 아줌마들이 함께 모여 동지 팥죽을 만든다.

그러다가 어떤 아줌마가 다른 아줌마가 만든 '새알심'을 보고 킥킥대고 웃는다.

그러면 동지 팥죽 만들기 경연장에 참가한 모든 아줌마가 킥킥대고 웃는다.

어렸을 때는 왜 '새알심'을 보고 아줌마들이 웃는가를 몰랐다.

그는 어른이 되어서야 그 웃음의 비밀을 알았다.

'모든 접촉은 흔적을 남긴다.'

아! 그렇구나!

'모든 접촉은 흔적을 남기는구나!'

그는 평상시에는 신용카드로 결제한다.

그런데 '시크릿 가든(비밀의 장소)'에 갈 때는 현금으로 지불한다.

모든 접촉은 흔적을 남기기 때문이다.

카드로 긁으면 그의 흔적이 남기 때문이다.

그가 경험한 사건이다.

지난가을에 가까운 산에 올라갔다.

집에 와서 보니 스틱이 없어졌다.

아차, 하고 산에 올라간 기억을 반추하였다.

산에 올라가면서 스틱을 사용하였고, 내려오면서도 스틱을 사용하였다.

그러면 등산용 지팡이가 내 손에 있어야 하는데.

아! 그렇구나!

내려오다가 은행에서 돈을 조금 찾았지.

그렇구나. 은행에서 돈을 찾으면서 스틱을 잠깐 내려놓고 그냥 빈 손으로 왔구나.

스틱이 아주 비싼 메이커 제품은 아니지만, 나에게는 정든 물건인데 하며.

은행에 전화했다.

직원에게 자초지종을 말하였다. 직원은 찾아보고 연락드린다고 친절하게 대답하였다.

며칠 후 스마트폰으로 전화가 왔다. 스틱을 찾았으니 가져가라고 한다.

은행 직원의 모습이 연상된다.

* * *

은행 직원은 그에게 전화를 받자마자, 은행 안을 낱낱이 살펴본다. 스틱은 없었다. 그러자 은행 직원은 '시크릿 가든(비밀의 장소)'에 가서 그가 방문한 시간대의 CCTV를 살펴본다. 눈을 크게 뜨고 예리하게 관찰하니 문제의 스틱이 발견되었다. 스틱을 클로즈업하여 누가 스틱을 쥐고 있는가를 확인하였다. 스틱을 쥐고 있는 사람의 발자취를 추적하였다. 스틱을 들고서 현금인출기 앞에 있었다. 스틱을 들고 있는 사람이 돈을 인출한 시간이 파악되어, 스틱을 들고 있는 사람의 인적사항을 알 수가 있게 되었다. 직원은 스틱을 가져간 사람에게 전화하였다. 스틱을 가져간 사람은 깜짝 놀라는 목소리였다. 그러면서 이렇게 답변하였다. '스틱이 그냥 있어, 버리는 것으로 생각하고 가져왔어요.' 직원은 공손하게 말했다. '어떤 손님이 잃어버렸다고 신고가 들어왔으니까 바로 가져오세요.'

* * *

아! 그렇구나!

'모든 접촉은 흔적을 남긴다.'

(Every contact leaves a trace.)

그는 오래전에 해남 공룡박물관에 갔던 기억이 떠올랐다.

지금부터 일 억 년 전의 공룡도 발자취와 흔적을 남기는데.

동짓날에는 동지 팥죽을 먹는다.

그는 올해 동짓날에도 동지 팥죽을 먹었다.

그리고 나이도 한 살 더 먹었다.

나이를 한 살 더 먹는 것이 자랑스러운 것일까?

나이를 한 살 더 먹는 것이 부담스러운 것일까?

동지 팥죽을 먹으면서 '새알심'을 바라본다.

어렸을 때 동네 아줌마들이 '새알심'을 바라보면서 킥킥대고 웃는 모습이 자꾸 떠오른다.

그도 '새알심'을 바라보면서 덩달아 킥킥대고 웃었다.

그의 부인이 물었다.

'동지 팥죽 먹다가 갑자기 왜 웃어요?'

공룡 시대 송

>> https://www.youtube.com/watch?v=6wjA0AeebVY

14

공동경비구역 (광화문 편)

° 2016년 12월 25일 기록

매토회!

토요일이 기다려진다.

더구나 크리스마스이브다.

연인들이 기다리는 크리스마스이브다.

매토회는 코스요리다.

토요일 오후에 만나서 남산을 거닐고

산에서 내려와 남대문 시장에서 저녁 식사를 하고

촛불집회에 참여하고

이어서 평가회를 한다.

그는 어제도 2차 집결지인 남대문 시장에 갔다.

가면서 이런저런 생각이 들었다.

'내가 가서 무슨 보탬이 될까?'

'날씨도 추운데, 건너뛰고 날씨가 좀 풀리면 갈까?'

금(金)에 대한 재미있는 이야기가 떠오른다.

우리는 누런 황금(黃金)을 좋아한다.

그런데 황금보다 더 좋은 금이 현금(現金)이라고 한다.

그런데 현금보다 더욱더 좋은 최고의 금이 '지금'이라고 한다.

그렇다!

'지금' 매토회에 참여하는 것이 중요하다.

다음에 매토회에 참여하겠다고 하는데,

내일은 알 수가 없다.

내일은 믿을 수가 없다.

남대문 시장에서 저녁 식사를 마치고

서울시청 광장으로 갔다.

서울시청 광장에는 '박사모'가 야광 태극기를 휘날리며 맞불집회를 하고 있다.

시청을 지나 광화문 쪽으로 올라가니 경찰이 통제하는 구간이 나타났다.

경찰이 통제하는 구간을 지나 계속 광화문 쪽으로 직진하니
이순신 장군 동상이 보이고, 아스라하게 세종대왕 동상이 보이며
촛불집회를 하고 있었다.

순간 옛날에 보았던 영화 〈공동경비구역 JSA〉가 떠올랐다.

그렇지!

* * *

영화 〈공동경비구역 JSA〉는 비무장지대가 사건의 현장이다.

비무장지대에서 남한 군인과 북한 군인이 대치하며 경비를 서고 있는데, 어느 날 남한 군인이 보초를 서다가 지뢰를 밟게 된다. 그곳을 지나가는 북한 군인이 그 상황을 보고, 남한 군인이 밟고 있는 지뢰를 풀어준다. 남한 군인은 고마운 마음에 호기심으로 편지와 조그만 선물을 북한 병사 기지로 보내게 되고, 그러면서 남한 병사와 북한 병사의 관계가 시작된다. 그러다 갑자기 남한 병사는 직접 북으로 그들을 만나러 가고 싶은 충동을 행동으로 옮기고, 북으로 넘어온 남한 병사를 보고 북한 병사는 너무 놀라지만 비밀스러운 지하실에 가서 즐겁게 지낸다. 남한 병사는 자신과 친한 후임 병사를 데려가 함께 시간을 보낸다. 그러다가 뜻하지 않은 살인사건이 일어나게 된다.

비무장지대에서 격렬하게 대치하고 있는 상황에서, 인간의 정 때문

에 엉뚱한 살인사건이 생기는 것이다.

* * *

서울시청 광장

경찰 통제 구간(비무장지대)

광화문광장

치열한 대치의 장소.

그곳에서 크리스마스 콘서트가 열리고 있다.

화려한 조명과 화려한 인테리어 속에서 사진을 찍는 사람도 있다.

치열한 전투의 현장 속에서 화려한 축제의 현장을 보는 것 같다.

영화 〈공동경비구역 JSA〉와 광화문광장은 공통점이 있다.

치열한 전투 속에서

따뜻한 인간의 삶을 엿볼 수가 있다.

평가회는 참석하지 못하고 도망치듯 빠져나왔다.

버스를 기다리는데 버스가 오지 않는다.

겨우 버스를 탔는데, 차가 막혀서 움직이지 않는다.

버스에서 내려 집에 터벅터벅 걸어오면서 이 생각 저 생각이 든다.

아기 예수가 2000년 전에는 베들레헴 말구유에서 탄생했다고 하는데

아기 예수가 우리나라에서 태어난다면 어디에 태어날까?

서울시청 광장일까?

경찰 통제 구간(비무장지대)일까?

광화문광장일까?

그가 집에 오니 자정이 되어간다. 너무 피곤하다.

'내가 이러려고 광화문에 나갔나? 자괴감이 든다.'

크리스마스이브 콘서트 (직찰)

>> http://blog.naver.com/flower5353/221006411843

15

눈으로 화장하지 마라

° 2016년 12월 29일 기록

눈은 아름답다

그러나

눈으로 화장하지 마라

눈은 금세 녹기 때문이다

눈 녹은 얼굴에는

미세먼지 자국만 남는다.

예쁘게 보이려고

성형수술하지 마라

성형수술하면

고아가 된다.

부모의 얼굴을 닮지 않으니까

아름답게 보이려면 촛불을 들어라

촛불에 비친 얼굴이 너무 아름답다

얼굴뿐만 아니라 마음도 아름답다

촛불이 자기 몸을 태워

동네방네 환하게 비추어 주니까.

16

보이지 않는 손 (광화문 편)

° 2017년 1월 2일 기록

매토회다.

12월 31일은 일 년의 마지막 날이다.

제야의 종소리가 울려 퍼지는 날이다.

역시 세워진 각본대로 코스요리가 진행되었다.

남산에 올라가서 서울을 내려다보며 나라를 걱정하고

남대문 시장 근처 식당에서 밥을 먹는다.

그는 남대문 근처 식당에서 합류하였다.

친구들은 평소보다 많이 나왔다.

매토회 겸 송년회를 하게 되니까 많이들 나온 모양이다.

그는 오늘 버스 타고 오면서 이 생각 저 생각을 하였다.
왜 이렇게 사람들이 많이 모일까?
그 이유가 뭘까?

어떤 사람의 말처럼 일당 받고 동원된 사람들일까?
요즘 겨울 날씨라 추운데
일당 받고 오지는 않을 것 같다.
그리고 그 일당을 마련하려면 어마어마한 돈이 필요할 것이다.
만 명에게 1인당 만 원만 준다고 하여도 1억 원이다.
그 돈이 어디에서 나오겠는가?

갑자기 애덤 스미스의 '보이지 않는 손'이 생각났다.

* * *

결국 자유경쟁시장은 생산자가 소비자의 수요를 만족시키기 위해 움직이도록 만든다. 이러한 상태에서는 중앙에 앉아 어느 재화를 어느 정도 생산할지를 계획하는 사람이 필요하지 않다. 스미스는 자원배분의 효율성을 이루는 시장기능을 '보이지 않는 손(invisible hands)'이라고 설명했다. 이 '보이지 않는 손'은 애덤 스미스 경제학 이

론의 뚜렷한 상징이다.

* * *

광화문에도 '보이지 않는 손'이 있는 것 같다.

모두 자발적이다.

모두 제 스스로 걸어왔다.

옛날에도 그랬다.

1997년 IMF 외환위기 당시 외채를 갚기 위해 금을 사용했다. 당시 금을 모아서 외채를 갚는 일을 정부 혼자서만 한 것이 아니라 온 국민이 자발적으로 함께 하였다.

금 모으기 행사에는 부모의 등에 업혀온 코흘리개 아이부터 백발의 어르신까지 수백만의 국민이 참여하였다.

2002년 한일 월드컵 때는 어떠했는가?

제 발로 걸어 나와 '대– 한– 민– 국–' 을 외치지 않았는가?

임진왜란 때 조선 조정은 의주로 피난하고, 왜군은 한양을 점령한 것에 이어 평양과 함경도 지방까지 침입했다. 하지만 왜구가 밀려오자 전국 각 지역에서 의병이 일어나 이들과 싸웠다.

일제 강점기 때는 가족을 팽개치고 만주로 간도로 가서 독립운동을 하지 않았던가?

김수영의 시 〈풀〉이 생각난다.

풀이 눕는다.
바람보다도 더 빨리 눕는다.
바람보다도 더 빨리 울고
바람보다 먼저 일어난다.

* * *

매토회 코스에 맞추어
남대문 시장에서 서울시청을 경유하여 광화문 광장으로 갔다.
서울시청 광장에는 박사모가 모였다.
광화문 광장에는 촛불집회가 열렸다.

광화문 광장에는 유모차가 등장한다.
평민이 모였다.
조선시대의 상소가 떠오른다.
만인소(조선시대에 1만 명 내외의 유생들이 연명해 올린 집단적인 소)도 떠오른다.
2000년 전 그리스 아테네에서 시작된 직접 민주주의가 다시 대한민국에서 부활한 느낌이다.

이곳 광장에서 사람들은
새로운 학교를 만난다.
정치를 배우고
문화를 즐기고
역사를 배우고
새로운 인간관계를 형성하고

공동체가 부활하고
사람들은 동굴에서 광장으로 나왔다

그리고 드디어
10차 촛불집회까지
연인원 천만 명이 모였다.

평화적인 집회
연행자가 거의 없다.
동학혁명 때는 죽창을 들었는데
이번 집회에는 촛불만을 들었다.
얼마나 평화적인가?
촛불은 어둠을 태운다.

이은미의 〈깨어나〉 노래가 생각난다.

한반도가 잠자다가 깨어나는 모습이 연상된다.

태풍이 몰아친다.

태풍으로 김양식장이 초토화되면 일시적으로 어민들은 어려움을 겪는다.

그러나 바다가 청소되면 어민들은 장기적으로 이익을 얻는다.

그는 한반도의 미세먼지를 바라본다.

미세먼지 속에는

얼룩

부정부패

사기꾼

그들이 모두 숨어 있다.

요즘 〈불어라 미풍아〉 드라마가 전개되고 있다.

한반도에

〈불어라 태풍아〉 드라마가 실제로 전개되어,

한반도를 덮고 있는

미세먼지가 모두 바다에 빠지기를 바란다.

그래서 '아름다운 강산'이 회복되기를 바란다.

또 2017년 정유(正有)년을 맞이하여

정의(正義)가 살아 숨 쉬는 사회를 꿈꾸어 본다.

이선희 - 아름다운 강산 (2014 노래하는 이선희, 콘서트 마지막 곡의 위엄)

>> https://www.youtube.com/watch?v=cyuptgiJJ3A

7차 촛불집회 이은미 <깨어나> 카리스마 넘치는 무대 (2016.12.10.)

>> https://www.youtube.com/watch?v=HjOZygfbiCQ

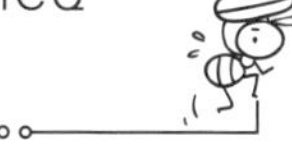

17

한강은 흘러서 어디로 가나?

° 2017년 1월 7일 기록

한강이 보인다.

누구는 한강의 아파트를 바라보며 아파트값을 계산한다.

누구는 한강을 가슴으로 바라본다.

유람선이 강물에 출렁출렁

유람선을 바라보는 마음이 철렁철렁

한강은 흘러서 어디로 가나?

1000일 전의 그때도 유람선이었다.

수학여행 이브.

밤하늘에 은하수와 같은 불꽃놀이를 즐겼지.

서해 바다를 지나며

모두 기쁨에 들떠

한라산의 백록담을 꿈꿀 때,

뿌지직

돛이 부러진다.

몸이 갸우뚱하며

촛불처럼 흔들거린다.

카톡으로 구조신호를 보낸다.

그러나 카톡 글자가

물에 젖어 흐릿흐릿하며,

몸도 물 먹은 스펀지가 되어

흐느적흐느적.

드디어

비몽사몽 간에

바다 깊이 잠수.

그리고

하루가 지나고

이틀이 지나고

한 달이 흐르고

두 달이 흐르고

일 년이 그냥 무심코 흘러가고

이 년이 그냥 무심코 흘러가고

세월호를 올려달라고

천일야화처럼 목숨을 걸고 탄원하였지만

사람들의 기억 필름에서 지워지고

무려 1,000일이 지나갔구나.

1,000일이 지났는데도

한강의 유람선은 여전히 떠 있고,

서해의 유람선은 여전히 개펄 속에 처박혀 있구나.

한강은 흘러서 어디로 가나?

18

개미만 같아라!

° 2017년 1월 8일 기록

매토회다.

매토회는 코스 요리다.
그는 오랜 만에 한강 공원에 갔다.
한강에 가니 유람선이 둥둥 떠 있었다.
유람선을 보니 세월호가 생각났다.
그렇다.
2017년 1월 8일
세월호 1000일 촛불집회가 열린다.

한강에서 코스대로 광화문 광장에 갔다.

그는 촛불을 든 사람들을 '개미'로 보았다.

그런데 어떤 사람은 백성을 개돼지로 보았다.

'개미'하면 떠오르는 장면이 있다.

증권회사 객장.

옛날 객장에서 대형화면으로 주식시세를 보는 사람들이 있었다.

그들을 '개미군단'이라고 한다.

주식시장에서 개미는 부정적인 이미지다.

'개미'는 대체로 돈 잃고 집안이 거덜 난다.

기관투자가나 외국인 투자가에게 돈을 잃는 비참한 사람으로 간주된다.

그런데

반전이 일어났다

바로 촛불집회에서.

'개미'가 뭉쳐서

기관투자가를 이긴 것이다.

실제로 개미의 생활도 그렇다

우리가 보통 개미하면 힘없고 권력 없는 사람을 연상한다.

그런데 개미를 자세히 관찰하면 그렇지 않다.

지금은 개미가 동면하여 개미의 활동상을 볼 수가 없다.

그런데 여름에 개미를 보면 얼마나 열심히 일하는지 알 수가 없다.

특히 개미는 '협동'을 잘한다.

그는 여름철에 개미들이 협동하는 모습을 자주 보았다. 그래서 길을 가다가 개미의 활동상을 동영상으로 많이 찍었다.

그래서 그는 개미가 협동을 잘 하는구나! 라고 판단하였다.

그러다가 개미를 연구하는 학자들의 글을 읽어 보았다.

* * *

개미는 지구상에서 협동할 줄 아는 몇 안 되는 종입니다. 이 세상의 모든 종족이 협동을 할 줄 안다고 생각해 보십시오. "쥐들이 협동을 통해 인간을 공격한다!", "모기들이 사람을 협동하여 공격한다!" 생각만 해도 끔찍한 일입니다. 인간과 개미 외에 협동을 할 줄 하는 종은 성공한 종으로 불립니다.

그런데 이 협동의 전제조건은 희생입니다. 꿀단지 개미를 보시면 아시겠지만, 꿀단지 개미는 평생을 동료를 위해 자신의 배를 100배로 늘린 채 천장에 매달려 살아갑니다. 남을 위한 희생 정신이 있기에 가능한 것입니다. 사람들에게 태어날 때부터 남을 위해서 경비만 서야한다고 한다면 아무도 수긍할 사람이 없을 것입니다. 하지만 개미는 희생을 통해 종의 성공을 이루어 냈습니다.

* * *

아! 그렇구나!

촛불집회에 나온 사람들도 개미 같이 협동을 하는구나!

그리고 협동을 위하여 희생을 한다.

겨울에 찬바람이 불고 손이 시리고 발이 시린데도 불구하고 몇 시간동안이나 서서 벌벌 떨면서 자기를 희생한다.

촛불집회에 나온 사람들도 개미를 닮았다.

자기를 희생하며

서로 협동을 하여

대한민국을 지켜나가려고 하구나.

그는 집에 오면서 이 생각 저 생각 했다.

임진왜란 때 왜 의병이 일어났는가?

일제 강점기 때 왜 처자식을 버리고 죽음을 각오하고 독립군으로 활동했는가?

동시에 어떤 교수의 모습이 떠올랐다.

어떤 학생이 출석도 제대로 하지 않았는데 학점을 딴 것에 대해 질문하자,

그 교수는 학장이 시켜서 했다고 학장을 탓하였다.

또 그 교수는 조교가 대리시험을 보았다고 조교를 탓하였다.

설이 다가온다.

옛날 사람들은 이렇게 말했다.

'더도 말고 덜도 말고 한가위만 같아라.'

그는 혼자 조용히 말하였다.

'더도 말고 덜도 말고 개미만 같아라.'

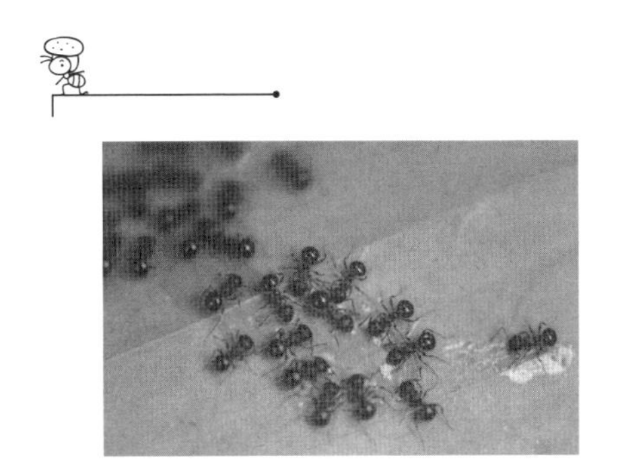

동영상 1 - 여름철 개미의 협동 활동(그가 직접 촬영한 것)

>> http://blog.naver.com/flower5353/220907811781

동영상 2 - 살아있는 먹이 저장고! 애리조나 꿀개미(꿀단지 개미)

>> https://www.youtube.com/watch?v=1nd5uH-AExw

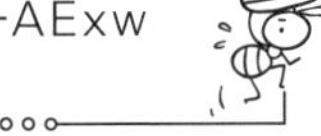

19

달이 뜨는데도 땅따먹기 게임 하나요?

° 2017년 1월 15일 기록

매토회다.

매토회는 코스요리다.

남산을 거쳐

남대문 시장을 거쳐

광화문으로

인생은 코스라고 말하는 사람도 있다.

인생은 레일이다.

그래서 어떤 사람은 줄을 잘 서야 한다고 한다.

줄만 잘 서면 인생이 탄탄대로라고 생각한다.

그는 레일바이크 타던 때가 생각났다.

한번 타면 끝까지 쭉쭉 레일을 타고 간다.

레일에서 벗어날 수가 없다.

그저 레일 따라 승승장구한다.

어렸을 때 땅따먹기하던 기억이 난다.

* * *

땅따먹기

옛날에는 지금보다 농사에 의존하는 정도가 훨씬 심했고, 우리 조상에게 농사는 삶의 가장 기본이었다. 그래서 농사를 짓기 위해 땅이 필요했고, 만약 그 땅이 내 땅이라면 하는 바람을 갖게 되었다. 그래서 실제로는 갖지 못한 땅을 갖고 싶어 하는 마음이 놀이로 구현된 것으로 보인다. 이 놀이는 놀이도구가 간단하고 방법이 다양하며 지역에 따라 다양한 이름으로 불리는 것으로 보아 오래전부터 널리 행해진 놀이로 파악된다.

* * *

어렸을 때 그는 아침부터 땅따먹기하다가 저녁이 되면 집에 간다.

땅따먹기를 즐기다가 끝내야 할 때가 온다.

그렇다.

땅따먹기도 할 시기가 있고, 마칠 시기가 있다.

그런데 자라면서

땅에 대한 욕심이 생기고,

돈에 대한 욕심이 생기고,

차에 대한 욕심이 생기고,

아파트에 대한 욕심이 생기고,

핸드폰에 대한 욕심이 생기고,

무덤에 묻힐 때까지 끝없는 욕망으로 살아가는 사람이 있다.

한번 레일을 타면 내려올 줄을 모르고

끝까지 레일에 의존하는 사람들이 있다.

어렸을 때 보았던 〈용가리〉라는 영화가 생각난다.

용가리는 무턱대고 닥치는 대로 먹는다.

옛날 전설의 고향에 나오는 '불가사리'와 닮았다.

불가사리는 처음에는

바늘을 먹다가

부엌에 있는 무쇠솥을 먹고

부엌칼을 먹어 치우고

헛간의 농기구까지 먹고

마을의 쇠붙이를 닥치는 대로 먹어치우고

군인들의 칼과 창도 먹었다고 한다.

밤이 되면 땅따먹기를 멈추고 집에 돌아가야 하는데

계속 땅따먹기 놀이를 하려는 아이가 있다.

어른이 되어 환갑이 넘어서도

땅따먹기 놀이에 중독되어

땅을 따 먹고

돈을 따 먹고

아파트를 따 먹으려는 어른도 있다.

나이 60에 땅따먹기에 중독된 사람도 있고

나이 70에 권력 따먹기에 중독된 사람도 있다.

그것도 정당하게 따 먹지 않고

부당하게 남의 땅을 빼앗으려는 사람도 있다.

남대문 시장에 저녁 식사하러 가기 전, 화폐박물관에 들렀다.

화폐만 보고 날아드는 화폐나비(불나비가 아니라 화폐나비)와 같은 사람이 있다.

그는 어렸을 때가 기억난다.
무수히 많은 불나비들이 밝은 불빛을 좇아 날다가
보이지 않는 투명한 유리창에 부딪혀 날개를 퍼덕이며
고꾸라져 떨어지는 모습들을 그는 보았었다.

한편으로
찬바람이 가슴을 파고드는 겨울에
어떤 사람들은 광화문에서 촛불을 들고 덜덜 떨고 있다.

그는 집에 오면서 곰곰이 생각해 보았다.

나는 누구인가(Who am I)
그는 레미제라블에 나오는 〈Who am I〉 노래가 귓속을 맴돌았다.

불나비처럼 나이 먹어서도 화폐나 권력을 좇아다니는가?
아니면
가슴을 파고드는 추운 겨울에 촛불을 들고 광장을 지키고 있는가?
아니면

집에서 따뜻한 아랫목에서 TV를 보고 있는가?

아니면

수없이 다양하게 살아가는 사람들의 모습이 눈앞을 아른거렸다.

<Who Am I> - <Les Miserables> 2012

>> https://www.youtube.com/watch?v=d2sanq2SM0k

20

눈 내리고 미세먼지 사라지고

° 2017년 1월 20일 기록

밤새 눈이 내렸다.

새 하늘과 새 땅이 눈앞에 전개된다.

엊그제 미세먼지가 지배한 하늘

나 모르쇠가 판치던 땅

그러나

눈 내린 뒤끝에는

명명백백(明明白白)한 세상.

파란 하늘과

하얀 눈밭

냇가 표면에는 살얼음.

살얼음 밑으로

줄기차게 흐르는 냇물

냇물은

탄천에서 한강으로

한강에서 서해바다로.

우리의 삶도 그러하리.

새 하늘과 새 땅을 향하여

줄기차게

한걸음

또 한걸음

동영상 - 줄기차게 흐르는 냇물

>> http://blog.naver.com/flower5353/221006448635

21

백설 공주
(광화문 편)

° 2017년 1월 21일 기록

눈이 온다.

눈이 하염없이 내린다.

오늘은 매토회다.

오늘은 각자 행동한다.

매토회 회장이 개인적인 일로 참여를 하지 못하게 되어 각자 행동한다.

그는 눈을 맞으며 이 생각 저 생각을 하였다.

날씨도 춥고 눈도 오는데 길도 미끄럽고 여건이 불리하다.

몇 번 망설였다.

'그래도 가야지!'

'아니다. 오늘 하루 집에서 편하게 쉬자!'

'광장에 참석한다고 세상이 바뀌는가?'

'그래도 가야지.'

'끝날 때까지 끝난 게 아니다'

그는 집을 나섰다.

눈이 펄펄 온다.

눈이 하늘에서 펑펑 내려온다.

옛날 가난할 때, 사람들은 눈을 보며 떡가루가 하늘에서 쏟아진다고 좋아하였다.

그는 눈을 보자 백설 공주가 떠올랐다.

눈처럼 하얀 피부를 가진 '백설 공주'

그런데 백설 공주는 판본이 여러 가지가 있다.

백설 공주의 원작과 최종판은 사뭇 다르다.

* * *

백설 공주 원작

옛날에 왕비가 있었다. 이 왕비가 어느 겨울에 바느질을 하다가 손이 찔려서 눈에 피를 떨어뜨렸는데, 그걸 보고 피부는 눈처럼 히얗고 입술은 피같이 새빨간, 예쁜 아이를 주세요, 해서 태어난 게 백설 공주다. 그런데 백설 공주가 커가면서 예뻐졌다.

그래서 야하지만 왕이 백설 공주를 자식으로 안 보고 여자로 보게 된다.

그러면서 둘이 이상한 관계를 맺고, 나중에는 백설 공주에게 왕이 매달리는 지경까지 가게 된다. 이에 대해서 왕비는 처음에 자신의 딸이 더러운 왕의 몸에 더럽혀지기 때문에 딸이 불쌍하다는 생각이 들었는데 차차 그 마음이 질투로 가게 된다.

그래서 킬러를 시켜서 백설 공주를 죽여 달라고 한다.

킬러가 백설 공주한테 홀려 백설 공주를 살려주자, 백설 공주는 7개의 산 너머로 도망쳐서 난쟁이 집으로 숨는다.

난쟁이 집에서 백설 공주는 난쟁이들과 성관계를 하는 대가로 집에서 머물 수 있게 된다. 킬러는 왕비한테 동물내장을 주고 백설 공주를 잡았다고 거짓으로 고한다.

그래서 왕비가 그것을 먹고, 평소에 가지고 놀던 마법거울로

“거울아, 거울아 이 세상에서 누가 제일 예쁘니?”

하니까 거울이 하는 소리가

"여기서는 왕비님이 가장 아름답지만, 세상에서 가장 아름다우신 분은 7개의 산 너머에 사는 백설 공주입니다"라고 한다.

왕비는 엄청나게 열 받아서 가슴 끈을 파는 할망구로 위장하고 백설 공주네 집으로 간다. 가서 백설 공주를 죽이고 와서 마법거울에게 물어보니 역시 백설 공주가 제일 아름답다고 한다.

다음에는 독이 든 빗으로 백설 공주를 죽이고 마법거울에게 물어보니 역시 백설 공주가 제일 아름답다고 한다. 독이 오른 왕비는 이번에는 독을 바른 사과를 가지고 가서 백설 공주를 암살한다.

돌아간 왕비는 거울에게 물어보니 거울이 자신이 가장 아름답다고 하니 안심을 한다.

백설 공주의 시체를 난쟁이들은 유리관에 넣는다.

그런데 어느 날 난쟁이에게 어떤 왕자가 찾아온다. 시체애호가인 왕자는 백설 공주의 시체에 강한 성적욕구를 느낀다. 왕자는 난쟁이들을 말로 설득해 백설 공주의 시체를 데리고 간다.

그래서 왕자가 자신의 성에 시체를 데려가 어느 날 백설 공주에게 키스를 한다.

그러자 백설 공주가 먹었던 사과가 튀어 나온다. 그래서 백설 공주는 다시 살아나고, 왕자는 백설 공주한테 프러포즈하고 백설 공주는 받아들인다. 어느 날 왕비는 또 거울을 본다.

그런데 이번에는 거울이

"이 세상에서 가장 아름다운 사람은 일곱 개의 산 너머에 사는 왕비입니다"라고 한다.

그래서 왕비는 그 여자를 죽이러 성을 떠난다.

그런데 때마침 백설 공주도 왕비를 죽여 버리고 싶은 마음이 간절했다. 왕비는 바로 잡힌다. 그 뒤에는 백설 공주의 무시무시한 벌이 기다리고 있다. 백설 공주는 쇠로 만든 하이힐을 불에 달군다. 그리고 왕비에게 그것을 신게 한다. 왕비는 용서를 빌었지만, 돌아오는 것은 백설 공주의 비웃음뿐이다.

왕비는 결국 불구두를 신고 뜨거워서 마구 발버둥을 친다.

* * *

백설 공주 최종판

옛날에 한 왕비가 눈처럼 하얀 피부, 앵두처럼 붉은 입술, 흑단처럼 검은 머리를 가지고 태어난 자신의 딸에게 '백설'이라는 이름을 지어 주고는 얼마 되지 않아 세상을 떠난다. 시간이 흐르고 왕은 새 왕비를 맞이하였는데, 그녀에게는 마술거울이 하나 있었다. 왕비가 거울에게 "거울아, 거울아, 이 세상에서 누가 제일 예쁘지?"라고 물을 때마다 그 거울은 "그야 물론, 왕비님이십니다"라고 대답하곤 했다. 백설 공주가 7살이 되던 해의 어느 날, 왕비는 여느 때처럼 자신의 아름다움을 확인받으려 거울에게 질문을 하지만, 거울은 "왕비님도 아름다우시지만, 백설 공주가 더 아름답습니다."라고 대답을 한다. 이에 엄청난 질투를 느낀 왕비는 사냥꾼에게 백설 공주를 숲으로 데려가

죽인 후, 그녀의 폐와 간을 가져오라고 명령한다. 하지만 백설 공주를 사랑했던 사냥꾼은 돼지의 폐와 간을 가져가기로 하고 그녀를 놓아준다. 숲 속에 남겨진 백설 공주는 일곱 명의 난쟁이가 사는 작은 오두막을 발견, 집안일을 도와주며 그곳에서 은신하지만, 왕비의 거울이 여전히 백설 공주가 더 아름답다고 대답하는 바람에 그녀가 살아있는 것이 들통 나 버린다. 왕비는 백설 공주를 없애기 위해 오두막으로 찾아가 끈으로 그녀의 목을 조르고 또 독이 묻은 빗으로 머리를 빗게 하지만, 그때마다 백설 공주는 난쟁이들의 도움으로 목숨을 구한다. 하지만 왕비의 마지막 계략이었던 독이 든 사과를 먹고 백설 공주는 결국 세상을 떠나고 만다. 슬픔에 잠겨 있던 난쟁이들 앞에 이웃 나라 왕자가 나타나는데, 그는 관 속에 누워있는 백설 공주의 아름다움에 이끌려 그녀에게 키스를 한다. 그러자 백설 공주의 목에 걸려있던 독 사과 조각이 튀어나오고, 그녀는 다시 깨어나게 된다. 그동안 있었던 일들을 들은 왕자는 사악한 왕비에게 달군 쇠로 만든 신발을 신게 한 후 죽을 때까지 춤을 추도록 하는 벌을 내리고, 백설 공주와 결혼하여 오래오래 행복하게 산다.

* * *

요즘 사회와 비슷하다.

모든 사람이 각자 다른 말을 하고 있다.

모두가 서로 진실게임을 하고 있다.

'나는 그런 적이 없다.'

'나는 모른다.'

'나는 그때 거기에 없었다.'

이제는 사람들을 믿을 수가 없다.

사람들의 말을 믿을 수가 없다.

오히려 스마트폰을 믿는다.

스마트폰을 증거로 삼는다.

전화 녹취록을 증거로 제시한다.

수첩이 사람의 말보다 대우를 받는 사회가 되었다.

어차피 진실은 죽었다.

최진실이 죽었기 때문에.

광화문 촛불집회 광장은 여전하다.

눈발이 촛불 사이로 날리고 있다.

눈은 백설 공주의 하얀 피부를 닮았고,

붉은 촛불은 백설 공주의 빨간 입술을 닮았다.

그렇다.

광화문 촛불집회가 바로 백설 공주의 이야기구나.

집에 오는 길에서 옛날에 본 영화가 생각난다.

〈Love Story〉

눈을 배경으로 남녀가 사랑을 속삭이는 모습이 떠오른다.

그러다가 여자 주인공의 죽음이 임박했다는 이야기를 듣게 된다.

동영상 - 눈 내리는 모습(직찰)

>> http://blog.naver.com/flower5353/220917261316

Love Story - Snow Frolic

>> https://www.youtube.com/watch?v=PFRHMjAJeYs

22

소쿠리와 콩나물시루

° 2017년 1월 28일 기록

설날이다.

설날을 생각하면 옛날로 돌아간다.

그는 작년에 담양에 갔던 때가 떠오른다.

지금은 담양이 담양 메타세콰이어 길로 유명하지만

옛날에는 대나무로 유명했다.

어렸을 때, 소쿠리를 많이 사용했다.

설날이면 부침개를 만들어서 소쿠리에 담아놓고,

여름에는 소쿠리에 밥을 담아 처마 밑에 걸어놓고, 냉장고 대신 썼다.

소쿠리는 물이 빠져나가 소용이 없을 것 같지만,

식품을 담아 말리거나 음식을 만들 재료를 담는데 사용한다. 짜임새가 촘촘하여 알이 작은 식품을 담아도 빠지지 않아 쌀 등의 곡식을 물에 씻어 물기를 빼는 데도 유용하다.

그렇다. 소쿠리는 쌀에 묻어 있는 더러운 오물이나 미세먼지를 제거하는 중요한 물건이다.

아울러 콩나물시루가 떠오른다.

빛이 들어가지 않도록 덮어 놓은 검은 천을 열어 하루에도 몇 번씩 물을 주는데, 부어준 물은 아래로 다 빠져버리고, 여전히 콩들만 머리를 들추고 있다. 2, 3초의 순간일까? 콩 위로 부어지는 물은 아주 잠깐 스치는 듯 보이지만 신기하게도 그것으로 인해 싹을 틔우고, 완전한 콩나물의 모습을 갖춰 밥상에 올라온다.

그는 친구가 한 말이 생각난다. 그의 친구는 교사였다.

'수업을 할 때, 열심히 가르쳤다고 생각한다. 그런데 시간이 흐르면서 뭔가 부족한 점이 있구나. 아쉬울 때가 많다. 그러나 시간이 흘러서 졸업할 때가 되면 학생들이 상급학교로 진학한다. 콩나물시루가 생각난다. 열심히 꾸준히 물을 주면 알게 모르게 콩나물이 쑥쑥 크는구나.

교육도 콩나물시루와 같구나.'

그는 매토회에 꾸준히 참석하였다.

촛불집회 덕분에 친구들끼리 매토회가 생겼다.

매토회는 친구들끼리 매주 토요일에 만나는 모임이다.

오후에 만나서 남산에 올라갔다가 내려와서 남대문 시장에서 저녁을 먹고

촛불집회에 참석하고 헤어진다.

이번 주에는 매토회가 휴무다.

설날이기도 하고 촛불집회도 휴무다.

어떤 친구는 촛불집회를 한다고 해서 나라가 좋아지느냐고 비웃는다. 또 어떤 친구는 나라가 혼란스러운데, 가만히 있어야지 하고 비난한다. 오히려 촛불집회가 나라를 망칠지도 모른다고 반박한다.

그렇다.

촛불집회를 한다고 해서 당장 나라가 좋아지지는 않는다.

하지만 물을 주다 보면 콩나물시루에서 알게 모르게 콩나물이 잘 자라듯

꾸준하게 촛불집회를 하다 보면 바람직한 나라가 건설될 수도 있다.

태풍을 보라!

태풍이 지나간 자리에는 김양식장이 초토화되어 어민들에게 손실이 따른다.

하지만 태풍이 지나가면서 바다가 깨끗하게 청소되어 다음 해에는 풍어를 기약할 수 있다.

촛불집회를 하면 약간 나라가 혼란스러울 수도 있다.

하지만 촛불집회를 통하여, 나라를 뒤덮고 있는 더러운 것과 부정과 부패를 깨끗하게 청소할 수 있다.

국가에서 가장 중요한 잣대가 무엇인가?

헌법이다.

헌법 제1조는 다음과 같다.

① 대한민국은 민주공화국이다.

② 대한민국의 주권은 국민에게 있고, 모든 권력은 국민에게서 나온다.

조선 시대와 대한민국의 다른 점이 무엇인가?

조선 시대는 왕정이고, 대한민국은 공화국이다.

조선 시대에서 왕과 귀족은 상류층이고, 서민들은 개돼지 취급을 받았다.

그는 설날을 맞이하여 고향으로 가는 버스 안에서, 불과 며칠 전의 사건이 떠올랐다.

고위층에 대하여 청소부 아줌마가 '염×하네!' 하고 막말을 하였다.

어떤 아줌마는 변호사를 향하여 "어디 민주주의를 말하느냐"며 "빨래를 하다 그 장면을 보고 너무 화가 나서 이 자리에 왔다"고 말했다.

서민들이 당당하게 자기의 할 말을 하는 것이다.

그렇구나!

콩나물시루에 물을 주면, 콩나물이 자라듯

학생들에게 꾸준히 가르치면, 학생들이 점차 성장하듯

촛불집회를 통하여 민주주의를 꾸준히 배우면, 백성들이 민주주의를 실천하리라.

그리고 소쿠리를 통하여 쌀에 묻어 있는 더러운 오물이나 미세먼지를 제거하는 것처럼

촛불집회를 통하여 우리에게 묻은 더러운 것과 부정과 부패를 제거하리라.

동영상 - 폭풍(직찰)

>> http://blog.naver.com/flower5353/220922488231

23

나무는 누구를 위하여 꽃을 피우나?

° 2017년 2월 1일 기록

나무는 추위에도 꼼짝 않고
자신을 내버려 둔다

나무에 차가운 눈이 내리는데
사진작가는 눈꽃만 찍는다고
신나서 우쭐대어도
나무는 원망하지 않는다.

가을에는 이파리와 이별하고
옷을 벗은 채 동계훈련에 들어간다.

산에 왔다가 놀다간 사람들이
따뜻한 아랫목으로 돌아갈 때도
산 사나이를 붙잡지 않는다.

요양원에 갇혀 사는 부모처럼
그저 자식을 바라만 보고 있다.
인내하면서
자식을 원망하지 않고.

그리고
나무는
봄을 기다린다.
자기 살에 상처를 내어 움트기를 기다린다.

그리고
힘껏 정열적으로 꽃을 피워낸다.

그러면 사람들은 꽃만 보러온다.
나무에는 무관심하고.

심지어는 꽃을 꺾어간다.

자녀들이 부모의 유산을 찾아 빼앗아 가려는 것처럼.

나무는 누구를 위하여 꽃을 피우나?

24

입춘을 맞아 — 한반도에도 봄이 오는가?

° 2017년 2월 4일 기록

봄이 온다고 하나
머리 색깔은 하얗게 변질해가고
입춘대길(立春大吉)이라고 하나
서해 바다에서는 미세먼지만 날아오고

그저 지구가 공전하여
봄이 억지춘향이처럼 오지는 않는가?

가슴과 가슴이 만나
서로 손을 마주 잡고

우리의 마음이 따뜻해지는 봄은
언제 오는가?

어느 날
견우와 직녀가 온몸으로 달려와서
파란 물감이 뚝뚝 떨어지는 하늘 아래
백설 공주의 입술처럼 붉은 매화와
하얀 눈을 닮은 벚꽃 마당에서
천막을 치고 잔치를 베푸는

그날을 기다린다.

25

촛불집회는 언제 졸업식하나요?

° 2017년 2월 5일 기록

또 토요일이다.

매토회다.

설날이 지나고 첫 번째 촛불집회다.

촛불집회도 변화가 예상된다.

그는 엊그제 졸업식에 갔던 기억이 난다.

졸업식장이 옛날의 밀가루 던지고 계란 던지는 문화가 아니다.

이제 졸업식은 축제의 장소다.

졸업하는 학생이 반별로 공연을 펼친다.

재학생도 졸업하는 선배들을 위해 축하공연을 펼친다.

졸업식의 지루한 행사는 아주 축소되었다.

시상식도 대표자만 몇 사람 진행한다.

축사하라고 요청하면 아예 안 하거나,

한두 마디로 에센스만 전달하고 끝낸다.

그는 과거의 졸업식을 회상하였다.

밀가루를 던진다.

졸업생은 도망친다.

재학생은 쫓아간다.

갑자기 졸업생과 재학생 간의 숨바꼭질 놀이가 펼쳐진다.

난데없이 교복을 찢는다.

계란을 던진다.

머리에 계란을 던진다.

그러면 갑자기 노란색으로 염색한다.

화장실에 가서 머리를 감고 졸업식장에 참석한다.

그래서 졸업식만 되면

밀가루 소지 여부를 교문에서 검사한다.

숨겨서 들여오려는 학생과

검사하려는 교사와의 밀당(밀고 당기는 작업)이 지루하게 계속된다.
어느 사이에 교무실에는 밀가루 포대가 차곡차곡 쌓인다.

몇 년 전에는 졸업식 문화가 더욱 변화했다. 학생의 옷을 벗게 하여 알몸이 되게 하거나, 알몸 상태로 단체 기합을 주는 행위나, 알몸 상태 모습을 핸드폰으로 촬영하는 행위가 나타났다.

하지만 세상이 변한다.
졸업식도 변화하였다.
이제 졸업식은 축제의 한 마당으로 변하였다.
이제 학부모는 졸업식에 참석하는 것이 아니라
멋진 한 판의 공연장에 참석하는 셈이다.

왜 이렇게 졸업식 문화가 바뀌었을까?
아마도 학교문화가 바뀌었기 때문일 것이다.
옛날에는 학교에 권위주의적인 문화가 판쳤다.
100% 야자참석, 100% 보충수업 수강. 강제적이고 의무방어전의 성격을 지녔다.
그러나 몇 년 전부터 학교문화가 바뀌었다.
진짜 좋아하는 학생만 야자 신청, 보충수업(방과 후 교육) 신청.
그래서 몇 년 전부터 학교가 즐거워졌다. 정규수업만 끝나면 즐겁게 교문을 박차고 나간다. 그러니 졸업식 할 때 학교로부터 해방된 것을 기념하여 여러 가지 퍼포먼스(밀가루 던지기, 교복 찢기, 계란 던지기 등등)를 할 필요가 없게 된다.

시위문화도 변화하였다.

그는 대학교 다닐 때가 생각났다.

거의 전투적이다. 죽기 아니면 살기다.

투석전이다.

학생들은 돌을 던진다.

경찰은 방패로 돌을 막는다.

교문을 사이에 두고 서로 일진일퇴 전투가 벌어진다.

옛날에 성벽을 사이에 두고 성을 지키려는 무리와 성을 빼앗으려는 무리가 처절한 전투를 벌이는 것처럼.

하지만 시위문화도 바뀌었다.

촛불집회의 모습을 보라.

촛불집회는 지극히 평화적이다.

어디에 돌이 있는가?

무기가 없다.

유모차가 등장한다.

아이는 아빠의 목말을 타고 입장한다.
웅변 대회장인가 연상할 정도로 시민들의 발언이 이어진다.
집회 문화는 진화한다.
집회 장소는 공연장으로 변신한다.
이제는 공연을 보러 집회에 갈 정도다.

어제도 촛불집회는 계속되었다.
친구들은 촛불집회 현장에서 왜 광장에 나오지 않느냐고
스마트폰으로 계속 무전을 친다.
그는 어제 개인적인 일을 처리하기 위해
사적인 밀실(동굴)에 들어가서 공적인 광장에 참여하지 못했다.

그는 개인적인 동굴에 갇혀서 이 생각 저 생각을 하였다.

학생들도 학업을 마치고 졸업식을 하고,
검객도 산에서 도 닦기를 끝내고 스승의 명령으로 하산하는데,
촛불집회는 언제나 촛불집회를 마무리하고 졸업식을 할까?

동영상 - 졸업식 공연(직촬)

>> http://blog.naver.com/flower5353/220927906100

26

송사리와 물과 세숫대야와 꼬마

° 2017년 2월 7일 기록

그는 입춘을 맞이하여 야외에 나갔다.

날씨가 조금 풀린 느낌이다.

시골 장터에는 사람들이 조금 몰려들었다.

역시나 먹는 것이 남는 것이다.

맛보기로 주는 떡을 먹고, 인절미를 조금 샀다.

호떡도 사서 먹었다.

그는 어렸을 때 별명이 떡보였다.

식당에 들어가서 점심을 먹었다.

점심을 먹으려고 식당에 들어갔는데 눈에 띈 게 있었다.

어항에 식물을 키우고 있고
또 자세히 보니 물고기를 키우는 것이다.
무슨 물고기인가 하고 들여다보니
구피인가, 조그만 물고기가 떠돌아다닌다.

어렸을 때 구피를 닮은 송사리를 잡던 기억이 난다.
소쿠리를 가지고 냇가에 간다.
가서 풀숲 사이에 소쿠리를 가져다 대면
뭔가가 소쿠리에 걸린다.
잡으면 고무신에 송사리를 담는다.
어린 시절에는 고무신이 있었다.
꼬마들은 송사리를 모아 조그만 병에 담아 집에 가져온다.

꼬마들은 집에 와서
세숫대야에 물을 담아놓고
잡아 온 송사리를 붓는다.
그리고 물 위에 장난삼아 종이배를 띄웠다.
그리고 꼬마들이 세숫대야 주위를 빙 둘러앉았다.

북쪽 편에 앉은 꼬마가 세숫대야를 북쪽으로 당겼다.
물이 출렁거린다.

송사리들은 어쩔 줄 몰라 한다.

종이배가 위태롭게 넘어지려고 한다.

이번에는

남쪽 편에 앉은 꼬마가 세숫대야를 남쪽으로 당겼다.

물이 출렁거린다.

송사리들은 어쩔 줄 몰라 한다.

종이배가 위태롭게 넘어지려고 한다.

꼬마들은 세숫대야를 서로 자기 쪽으로 당기려고 안간힘을 쏟는다.

물이 출렁거린다.

송사리들은 어쩔 줄 몰라 한다.

종이배가 위태롭게 넘어지려고 한다.

꼬마들은 세숫대야를 당기면서

송사리가 놀라는 모습을 보고 즐겁게 시간을 보낸다.

어느새 땅거미가 진다.

어스름한 회색빛이 찾아온다.

지나가던 아저씨가 한마디 한다.

'애들아 이제 집에 들어가라.
곧 캄캄해진다. '

식당 아줌마가 묻는다.
'물고기 분양받고 싶으세요?'

그는 깜짝 놀라 어린 시절에서 탈출하여
식당 손님으로 돌아온다.

그렇구나!

'내가 어렸을 때,
송사리를 갖고 놀았는데,
이제 생각해보니
그 송사리가 바로 나구나'

'약자는 강자의 노리개'
'약소국은 강대국의 노리개'

27

심 봉사가 기가 막혀(광화문 편)

° 2017년 2월 12일 기록

토요일이다.

매토회다.

요즘 학교마다 졸업식 시즌인데,

촛불집회는 언제나 졸업식을 할까?

옛날에 〈흥부가 기가 막혀〉라는 노래가 유행하였다.

* * *

안으로 들어가며 아이고 여보 마누라

형님이 나가라고 하니 어느 명이라 안 가겠소.

자식들을 챙겨 보오 큰 자식아 어디 갔냐

둘째 놈아 이리 오너라

이삿짐을 짊어지고 놀부 앞에다 늘어놓고

형님 나 갈라요

해지는 저녁 들녘 스며드는 바람에

초라한 내 몸 하나 둘 곳 어데요

어디로– 아– 이제 난 어디로 가나 이제 떠나가는 지금 허이여

흥부가 기가 막혀! 흥부가 기가 막혀!

흥부가 기가 막혀! 흥부가 기가 막혀! 흥부가 기가 막혀–

* * *

흥부가 기가 막히게 생겼다.

참으로 흥부는 기가 막히게도 형님 집에서 쫓겨났다.

그런데 반전(反轉)이 일어난다.

진짜로 흥부가 기가 막히게 생겼다.

똥구멍이 찢어지게 가난하던 흥부네가

박을 타니 금은보화가 쏟아져 나왔다.

흥부가 박 타는 대목

* * *

궤두짝을 열고 보니 한 궤이는 쌀이 수북히 들었는듸 궤뚜껑 속에다 이 쌀은 백년 을 두고 퍼내도 굴치 않은 취지무궁미라 써있으며 또한 궤에는 돈이 가득 들었는듸 뚜껑 속에다 이 돈은 평생을 꺼내 써도 줄지 않은 용지불갈지전이라 허였거늘 흥부가 좋아라고 궤두짝을 떨어붓기를 시작허는듸

흥부가 좋아라고 흥부가 좋아라고 궤두짝을 떨어붓고 닫쳐놨다 열고 보면 도로 하나 그뜩허고 돈과 쌀을 떨어붓고 닫쳐 놨다 열고 보면 도로하나 수북허고 툭툭 떨고 돌아섰다 돌아보면 도로 하나 그뜩허고 떨어 붓고 나면 도로 수북 떨어붓고 나면 도로 그뜩

아이고 좋아 죽겠다 일 년 삼백육십일을 그저 꾸역꾸역 나오느라

* * *

심청전에도 '심 봉사 기가 막혀' 대목이 나온다.

심 봉사도 맹인 잔치 소식을 듣게 되었다. 사또가 서울 갈 여비까지 마련해 주어 뺑덕어멈과 함께 길을 떠났는데, 뺑덕어멈이 다른 봉사와 눈이 맞아 심 봉사가 잠든 틈을 타 여비까지 챙겨 도망을 가 버렸다.

그때 심 봉사가 부른 노래가 〈심 봉사 기가 막혀〉다.

* * *

허허, 빵덕이네가 갔네 그려. 예이, 천하(천하) 의리(의리) 없고, 사정없는 요년아. 당초에 네가 버릴 테면, 있던 곳에서 마다고하지. 수백리(수백 리), 타향(타향)에다가 날 버리고, 네가 무엇이 잘 될소냐. 귀신이라도 못되리라 요년아. 너, 그러줄 내 몰랐다. 아서라 내가 시러베에 아들놈이제, 현철(현철)하신 곽 씨(곽 씨)도, 죽고 살고, 출천대효(출천대효) 내 딸 청이도, 생죽음을 당했는데, 네까짓 년을 생각하는 내가, 미친놈이로구나. 에라, 이 호랑이나 바싹 깨물어 갈 년. 심 봉사 하릴없어, 주인에게 작별하고,

* * *

빵덕이 어미는 벼룩의 간을 내먹는 격이다.

그런데 반전(反轉)이 일어난다.
진짜로 심 봉사가 기가 막히게 생겼다.
마누라 죽고 사랑하는 딸과 헤어지고
믿었던 빵덕어멈까지 도망갔는데,
그리던 딸 심청이를 만나고
현대 의학도 해결 못 하는 눈을 뜨게 된다.

심 봉사 눈뜨는 대목을 살펴보면

* * *

〈자진모리장단〉

심 황후 이말 듣고 산호주렴 것쳐 버리고 버선발로 우루루루루 부친을 보고 난 후 아이고 아버지 심 봉사 이 말 듣고 아니 아버지라니 아버지라니 누구여 나는 아들도 없고 딸도 없소 무남독녀 외딸하나 물에 빠져 죽었는디 누가 날 더러 아버지래요 아이고 아버지 인당수 빠져 죽은 심청이가 살아서 여기왔소 아버지 눈을 떠서 심청을 보옵소서 심 봉사 이 말 듣고 먼눈을 휘뻔덕 거리며 내가 지금 죽어 수궁 천지를 들어 왔느냐 내가 지금 꿈을 꾸느냐 죽고 없난 내 딸 심청 여기가 어디라고 살어 오다니 웬 말이냐 내 딸이면 어디보자 어디 내 딸 좀 보자 아이고 답답하여라 이놈의 눈이 있어야 내 딸을 보지 심 봉사 감은 눈을 끔적끔적 하더니 두 눈을 번쩍 떴구나

〈아니리〉

이렇듯 천지조화로 심 봉사가 눈을 뜨고 나니 만좌 맹인이 모다 개평으로 눈을 뜨는디

* * *

심 봉사만 눈을 뜨는 것이 아니라 모든 맹인이 눈을 뜨게 된다.

마침 대보름을 맞이하여

어두컴컴한 밤하늘에
보름달을 밝혀 세상이 밝아진다.
보름에 악한 귀신을 쫓아낸다.
한반도를 뒤덮고 있는 미세먼지를 걷어내고
한반도를 뒤덮고 있는 온갖 오물을 씻어낸다.

백성들이 텔레비전을 보고 나 모르쇠에
기가 막혀 하다가
광장에 나와서
심 봉사처럼 눈을 뜨고 깨어나게 된다.

그는 개인적인 일에 사로잡혀 동굴에 갇혀
꾸물거리다가
정철의 관동별곡을 보며
이 생각 저 생각을 하게 된다.

* * *

계명셩(啓明星) 돗도록 곳초 안자 바라보니,
(샛별이 돋아나도록 꿋꿋이 앉아서 명월을 바라보니)
백년화(白蓮花) 한 가지를 뉘라서 보내신고.
(연꽃 한 가지(달)를 누가 보내셨는가)

일이 됴흔 세계(世界) 남대되 다 뵈고져.

(이렇게 좋은 세상을 남들에게 다 보여주고 싶구나)

* * *

정철의 애민 정신이 잘 나타났다.

당시 임금은 애민 정신을 얼마쯤 갖고 있었을까?

<흥부가 기가 막혀> - 육각수

>> https://www.youtube.com/watch?v=LOw2fOpNYGU

심청가 - 심 봉사 눈뜨는 대목 - 남상일, 박애리 (클래식 동영상 카페)

>> https://www.youtube.com/watch?v=4mSRCsixUWE

7차 촛불집회 이은미 <깨어나> 카리스마 넘치는 무대 (2016.12.10.)

>> https://www.youtube.com/watch?v=HjOZygfbiCQ

28

레일바이크를 아시나요?

° 2017년 2월 19일 기록

토요일이다

매토회다.

그는 토요일 지인의 자녀 결혼식을 마치고 내나라 여행 박람회에 갔다.

여행 박람회장에는 전국 방방곡곡 구석구석의 볼거리와 먹거리 소개가 있었다.

그중 하나가 여수 레일바이크다.

다른 레일바이크와 달리, 바다를 보면서 레일바이크를 즐길 수 있다는 것이었다.

여행 박람회를 마치고 광장에 갔다.

시청 쪽에서 광화문 쪽으로 걸어가는데 거대한 차벽이 있었다.

그리고 경찰이 시청 쪽과 광화문 쪽의 중간에 서서 인간 방패막이를 형성하고 있었다.

경찰은 비무장지대의 공동경비구역을 담당하고 있었다.

옛날에 보았던 영화 〈공동경비구역 JSA〉가 머릿속을 파노라마처럼 지나갔다.

시청 근처의 고층빌딩에 올라가 아래를 내려다보니

레일바이크의 레일과 같았다.

그는 양평에서 레일바이크를 탔던 기억이 생생하게 리바이벌되었다.

레일바이크의 양쪽 레일은 시작부터 끝까지 서로 만나지 않는다.

레일바이크의 양쪽 레일은 영원히 평행선을 이룬다.

양쪽 레일이 끝까지 평행선을 이루기 때문에

우리는 레일바이크를 마음 편하고 안전하게 탈 수 있다.

그런데 삶의 현실에서 양쪽 레일의 평행선은 갈등을 유발한다.

여야의 주장은 평행선을 이룬다.

노사 양측은 양보 없이 평행선을 긋는다.

촛불집회와 태극기집회는 평행선을 고집한다.

탄핵 찬성과 탄핵 반대의 평행선은 끝까지 가도 만나지 못할 것이다.

해방 후에도 이런 평행선이 전개되었다.

1945년 12월 모스크바에서 개최된 미국, 영국, 소련 간의 3국 외상 회의에서 결정되었던 신탁통치에 대하여 신탁통치 반대파와 신탁통치 찬성파의 끝없는 대립이 발생했다.

조선 시대에도 이런 평행선이 전개되었다.

예송논쟁(禮訟論爭)이 있었다.

예송논쟁을 자세히 살펴보면 다음과 같다.

* * *

2차 예송은 1674년(현종 15) 효종의 비가 죽자, 다시 조대비의 복상을 몇 년으로 할 것인가를 둘러싸고 일어났다. 당시 집권층인 남인은 기년으로 정했는데, 이에 대해 서인은 대공(大功, 8개월) 설을 주장했으나 남인의 주장이 받아들여졌다. 이러한 논쟁은 단순히 복상 문제를 둘러싼 당파의 대립이 아니라, 왕권을 어떻게 위치 지을 것인가에 대한 정치적 입장의 근본적인 차이에서 비롯되었다. 즉 효종이 둘째 아들이라서 장자의 예를 따를 수 없다는 서인의 견해는 왕권도 일반 사대부와 동등하게 취급하려는 의도가 반영된 것으로, 신권(臣權)의 강화를 꾀하려는 입장이었다. 반면 비록 둘째 아들이지만 왕은 장자의 예를 따라야 한다는 남인의 견해는 왕권을 일반사대부의 예와 달리 취급하려는 의도가 반영된 것으로, 왕권 강화를 통해 신권의 약화를 꾀하려는 입장이었다.

* * *

이러한 레일의 끝없는 전개에 따라
일반 백성들은 끊임없이 집회에 나온다.
토요일은 휴일이다.
쉬면서 다음 주를 준비해야 하는데,
쉬지 못하고 광장에 나온다.

정유년!

그는 정유년이
정상(正常)으로
유턴(U-turn)하는
해(年)가 되길 은근히 바라고 있다.

그는
학생은 학교에서
노동자는 공장에서
공무원은 관청에서
수출업자는 수출 현장에서

자기 맡은 일을 성실하게 수행하길 바라고 있다.

집회를 마치고 지하철을 타고 왔다.

지하철 안에서 스마트폰을 들여다보는 사람들의 모습을 살펴보았다.

어떤 사람은 문자를 보내기도 하고,

어떤 사람은 게임을 즐기기도 하고,

또는 큰 소리로 전화하기도 한다.

어떤 사람은 귀에 이어폰을 꽂고 드라마를 보거나 노래를 듣고 있었다.

지하철에서 내려 집에 오는 길에 이 생각 저 생각을 하였다.

이어폰을 꽂고 다른 사람과 대화를 단절하면

레일바이크의 양쪽 레일처럼,

입장의 대립은 갈등을 반복하면서 끝까지 평행선을 고집하지 않을까 추측해본다.

29

개미의 꿈은 언제 이루어질까?

° 2017년 2월 22일 기록

개미는 꿈을 꾼다.
따뜻한 봄날이 오기를

골프 개미는 꿈꾼다.
지하 벙커를 이글로 탈출하여
역전 우승하기를.

땅 개미는 꿈꾼다.
허허벌판에 고층빌딩이 올라가기를

주식 개미는 꿈꾼다.
상한가 한탕주의를.

동면 개미는 꿈꾼다.
겨울잠에서 깨어나기를

개미들은 꿈꾼다.
광장에서 합창하여
새 하늘과 새 땅이 이루어지기를

누가 꿈을 이루는가?
동면 개미가 꿈을 이룬다.
봄은 오고야 마니까.

일락 ILAC - 개미의 꿈(The Ants Dream) Official M/V

>> https://www.youtube.com/watch?v=zbIdPzZSy6k

30

블랙리스트가 블랙홀이 되었네

° 2017년 2월 26일 기록

토요일이다.

매토회다.

옛날 시장이 생각난다.

오 일마다 장이 열린다. 그래서 오일장이라고 한다.

옛날 사람들은 장에 물건 사러 간다.

그런데 '친구 따라 강남 간다'는 말처럼 물건은 사지 않고 눈요기만 한다.

아니다.

아예 친구 만나러 강남 가기도 한다.

이제는 광장에서 친구를 만난다.

그리고 광장에서 새로운 것을 배운다.

또 광장에서 공연을 본다.

어제도 촛불집회에 100만 명이 모였다고 한다.

태극기집회에는 300만 명(?)이 모였다고 한다.

그런데 사람들은 왜 이렇게 광장에 모이는 걸까?

의문이다.

촛불집회가 끝나고

식당에 갔다.

동태탕을 먹었다.

동태탕을 먹으면서 이런저런 이야기가 오간다.

친구가 독일 이야기를 한다.

독일 아르바이트 이야기를 들었다.

아르바이트를 2시간 하면 아르바이트 끝나고 30분간 주인이 아르바이트생에게 차를 대접하고 대화를 나눈다고 한다.

아르바이트생의 인권을 존중한다는 것이다.

이게 법으로 정해졌다고 한다.

아!

그렇구나.

고위층은 백성을 개돼지 취급한다.

조카를 무릎 꿇게 하고 따귀를 때린다.

그 사람 밑에서 일하는데, 주인의 강아지나 고양이까지 기르도록 한다.

인권이 무시되는 세상에 대한 분노의 함성을 지르기 위해 광장에 모이는구나.

'2016 SAF 연기대상'에서 대상 트로피를 거머쥔 한석규는 검은 도화지 논리를 펼치면서 수상소감을 밝혔다.

검은 도화지 이론이란

'밤하늘의 별을 생각할 때 그 바탕인 어둠, 블랙, 그런 암흑이 없다면 그런 별은 빛날 수도 없을 것이고 어쩌면 어둠과 빛, 그런 블랙과 스타는 한 몸이다, 그런 생각을 했다.'

그렇구나!

블랙리스트에 올라 여러모로 불이익을 당하였지만

그럼에도 불구하고

"이 시대에 죽어가는 소중한 가치들. 촌스럽고 고리타분하다고 치부돼 가는, 그러나 실은 여전히 우리 모두 아련히 그리워하는 사람다운, 사람다운 것들에 대한 향수들"을

생각하고 살았구나.

그래서 광장은 백성의 분노를 빨아들이는 블랙홀이 되었구나!

블랙리스트가 블랙홀이 되었네.

새로운 세상을 꿈꾸는구나!

인간이 인간 대접을 받는 세상을.

그래.

봄이 오고 있다.

봄은 오고야 만다.

한석규 수상소감 동영상

>> https://www.youtube.com/watch?v=iJt5Z8qOUOc

31

태극기가 멘붕에 빠지다

° 2017년 2월 28일 기록

삼일절을 맞이하여
태극기를 달아야 하나?
말아야 하나?

내일은 삼일절이다
해마다 삼일절이면 태극기를 달았다.

학교에서도 국경일에는 태극기를 꼭 달아야 한다고 배웠다.
또 삼일절 아침에 어김없이 아파트 관리사무소에서 방송한다.
"국경일에 태극기를 답시다."

그런데 올해는 다르다.

그냥 무개념으로 태극기를 달았다가는 주위의 눈총을 받을 것 같다.

“당신 공개적으로 탄핵 반대 의사를 표시하느냐”고

혹시나 탄핵찬성파가 아파트 현관문에 와서 시위하면 어쩌나?

내일 삼일절을 맞이하여

갈등이 엄청나게 심하다.

갈등의 대명사인 셰익스피어의 〈햄릿〉이 떠오른다.

‘죽느냐? 사느냐? 그것이 문제로다.’

햄릿의 고민 내용.

* * *

햄릿에게 있어서, 아버지의 복수는 곧 자신을 둘러싸고 있는 세상의 파괴와 환경의 대대적인 변화를 의미한다. 삼촌을 죽이고 왕위를 찬탈하는 데에는 큰 피바람이 불게 된다.

햄릿의 죽느냐 사느냐는

죽느냐 – 복수를 시행하고 주변의 거짓으로 가득 찬 세상을 깨부수느냐.

(이것은 큰 용기가 필요한 위험한 일이며, 목숨을 잃을 수도 있다.)

사느냐 – 복수를 실행하지 않고 이대로 주어진 삶을 안위하느냐.

* * *

신파극 〈이수일과 심순애〉에도 갈등이 나타난다.

이수일과 심순애는 혼인을 약속한다.

그런데 심순애는 갑부의 아들 김중배를 만나면서 갈등을 느낀다.

심순애는 다이아몬드와 첫사랑 사이에서 갈등을 느낀다.

현대판 갈등도 있다.

짚신장수와 우산장수 자녀를 가진 부모는 갈등을 겪는다.

짚신장수와 우산장수를 자식으로 둔 부모는

비가 오면 짚신장수 아들 걱정을 하고, 날이 맑으면 우산장수 아들을 걱정한다.

비가 오기를 빌어야 하느냐?

비가 오지 않기를 빌어야 하느냐?

그는 뜬금없이 태극기 때문에 멘붕에 빠졌다.

삼일절에 태극기를 달아야 하나?

삼일절에 태극기를 달지 말아야 하나?

그것이 문제로다.

봄은 안방까지 쳐들어와 히아신스 꽃을 피우는데
그의 가슴은 겨울처럼 얼어 붙어있구나.

삼일절 노래

>> https://www.youtube.com/watch?v=Nr7LIWaKFaY

32

갓난아이의 — 막무가내 울음소리

° 2017년 3월 3일 기록

갓 태어난 아이를 바라본다.

막무가내 운다.

언제 자라서 걸어 다닐까?

걸어 다닌다는 것은 위대하다.

걸어 다닌다는 것은 기적이다.

그렇다

봄을 맞이하여

유치원 꼬마들이 노란 병아리처럼

아장아장 걸어 다니는 것은 기적이다.

봄을 맞이하여 버드나무 가지 끝이 흔들거린다.
세찬 바람이 불어 파닥거린다.

봄인가 싶어
버들강아지가 노란 꽃망울을 터뜨렸는데
차가운 얼음이 머리 위에 떨어졌다.

아이도 그렇다.
걸음마를 배우려고
수백 번
수천 번
일어서고
넘어지고
일어선다.

이렇게
인간의 역사는 실타래처럼 이어간다.

국가는 또 어떤가?

개미들이 치열하게 싸워서 나라를 이어간다.

나뭇가지는 바람에 나부끼지만
나무 몸통은 튼튼하게 버티고
나뭇가지 끝자락의 싹에
물과 밥을 전달해준다.

인간의 삶도 그러하리.
부모는 자식을 낳고
자식의 걸음마를 돕고

사자들이 득실거리는데도
개미들은 살아간다.

고래 싸움에 새우 등 터진다고 하는데도
새우는 끝까지 살아남아서
우리 밥상에 올라온다.

동영상 버드나무 가지의 모습

>> http://blog.naver.com/flower5353/220949459857

33

물방울 하나와 물방울 하나를 합치면 물방울 하나다

° 2017년 3월 5일 기록

토요일이다.

매토회다.

아마도 마지막 매토회가 될 것 같다.

시원섭섭하다.

이제 일상으로 돌아가니 시원하다.

그런데 매토회와 헤어지려니 섭섭하다.

촛불집회가 졸업식을 하게 된다.

그런데 냉정하게 보면 졸업식은 없는 셈이다.

졸업식은 사람이 죽을 때나 사용하는 말이다.

학생들이 졸업식을 하여도 학생들의 삶은 계속 이어진다.

촛불집회도 그러할 것이다.

촛불집회가 졸업식을 하여도 촛불을 든 사람들의 생활은 계속 이어진다.

과거와 현재와 미래는 하나다.

사람은 과거에서 현재로 그리고 미래로 이어진다.

광화문광장 세종문화회관 앞 보도에 조선 시대 형조 터(흔적)가 남아 있다.

과거 형조의 전통을 이어받아 헌법재판소가 지금 중요한 판결을 앞두고 있다.

대한민국의 미래는 어떻게 될 것인가?

현재의 어린이가 대한민국의 미래를 이끌어간다.

생텍쥐페리의 〈어린 왕자〉에 나오는 주인공인 비행사가 '어른들은 누구나 처음엔 어린이였다. 그러나 그것을 기억하는 어른은 별로 없다'라고 우리 기성세대에게 말한다.

그래서 대한민국의 미래를 예측하려면, 지금 어린이들의 생활을 살펴보면 된다.

물방울 하나와 물방울 하나를 합치면 물방울 하나다.
물방울 하나와 물방울 하나가 합쳐지고 또 합쳐져서
거대한 물방울 하나가 된다.
그래서 거대한 물방울은 증기기관차처럼 힘이 있다.
거대한 물방울 하나는 힘차게 흘러서 서해까지 도착한다.
온갖 장애물을 뚫고.

그러나 모래 한 알을 수백 개, 수천 개 모아 놓아도 모래 한 알로 남는다.
그래서 모래성이라는 말이 나왔다.

대한민국의 미래는 어떻게 될까?

두 가지를 살펴보면 대한민국의 미래를 예상할 수 있다.

한 가지는

백성들이 어떻게 살아가느냐에 달려있다.

백성이 물방울이 되느냐,
백성이 모래가 되느냐에 따라

대한민국의 장래가 결정될 것 같다.

또 한 가지는

대한민국의 과거와 현재를 보면 미래를 예상할 수 있다.
대한민국의 현재가 대한민국의 미래로 이어진다.

현재의 어린이가 어떻게 살아가느냐에 따라 대한민국의 미래가 결정될 것 같다.

촛불 잔치 - 이재성

>> https://www.youtube.com/watch?v=0LyKth9TTMo

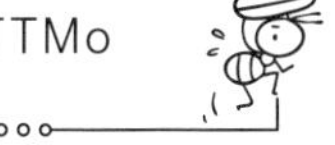

34

개미들의 합창

° 2017년 3월 10일 기록

꿈이냐?

생시냐?

심 봉사가 눈을 떴네.

다른 봉사도 덩달아 눈을 떴네.

2017년 3월 10일

이날을 개미의 독립기념일로 선포하자!

개돼지 우리에서 독립한 날로 선포하자!

1945년 8월 15일은 일본으로부터 독립한 날이고,

개미들이 합창한다.
봄이 와서 땅 밖으로 나온다고.
긴 겨울잠을 끝내고 땅 밖으로 나온다고.

지나간 반만년 동안 어떻게 살았는가?

아니 지난겨울 어떻게 살았는가?
어둡고 추운 겨우내 쪼그리고
입도 못 열고 쥐 죽은 듯 살았다.

그 겨울이 지나가고 봄바람이 불고
냇가의 얼음이 부서지고
이제 시냇물이 즐겁게 노래를 부르며 흘러간다.

꿈이냐?
생시냐?
심 봉사가 눈을 떴다.
다른 봉사도 덩달아 눈을 떴다.

이제는 물처럼 살자.
물방울 하나와 물방울 하나가 합쳐져서 거대한 물방울 하나가 되자.

다른 물방울과도 합쳐져서 더 커다란 물방울 하나가 되자.

우리의 미래는 밝다.

우리의 미래인 아이들이 살아있다.

눈을 말똥말똥 뜨고 살아있다.

촛불을 가슴에 감추고

일상 속으로 돌아가자.

촛불이 꺼지고

광화문(光化門)에는 새 빛이 비친다.

01 광복절 노래 KBS 어린이합창단, 전 출연자

>> https://www.youtube.com/watch?v=1gQRcKgzrcQ

35

봄이 던지는 승부수

° 2017년 3월 20일 기록

이제는 봄이다.

산을 보아도
냇가를 보아도
아파트에 핀 노란 산수유 꽃을 보아도.

봄이 거침없이 현관문을 두드린다.

꽃을 향해 날아가는 벌처럼, 관광버스가 출렁거린다.
봄이 한반도를 뒤덮을 기세이다.

봄은 땅을 지배하고
드디어
마지막 승부수를 던진다.

최후의 칼날을
하늘을 향하여

버드나무도 꼿꼿이 가지를 치켜들고
벚나무도 하늘을 향하여 가지를 치켜들고
가냘픈 개나리도 강렬하게 가지를 치켜든다.

우리의 선조가 전수해준 비장의 무기.
기와지붕의 끝은 어디를 향하는가?